O TORCEDOR ACIDENTAL

Artur Xexéo

O TORCEDOR ACIDENTAL

© 2010 by Artur Xexéo

Direitos desta edição reservados à
EDITORA ROCCO LTDA.
Av. Presidente Wilson, 231 – 8º andar
20030-021 – Rio de Janeiro – RJ
Tel.: (21) 3525-2000 – Fax: (21) 3525-2001
rocco@rocco.com.br
www.rocco.com.br

Printed in Brazil/Impresso no Brasil

Preparação de originais
DANIELLE VIDIGAL

CIP-Brasil. Catalogação-na-fonte.
Sindicato Nacional dos Editores de Livros, RJ.

X29t   Xexéo, Artur
         O torcedor acidental/Artur Xexéo.
     – Rio de Janeiro: Rocco, 2010.

       ISBN 978-85-325-2569-7

        1. Futebol – Crônicas. 2. Crônica
    brasileira. I. Título.

                   CDD–869.98
10-2404   CDU–821.134.3(81)-8

Pro Tonho, que é Fluminense,
e pro Fico, que é Flamengo,
os verdadeiros amantes
do futebol lá em casa.

E pro Paulo, é claro,
meu companheiro nas
arquibancadas da vida.

SUMÁRIO

Prefácio – O Mundo das Copas –
Fernando Calazans 9

O juramento de Kobe 13

Um convite para Joyce Pascowitch 21

Sangue de boi tem poder 33

Uma encomenda em Shinjuku-ku 41

Aí eu disse pro Frank Sinatra... 47

Como sair de Leverkusen e chegar,
oito horas depois, a Leverkusen 55

Onde os brasileiros são benhavindos 65

Honestidade, decoro e grosseria em Ulsan 73

Perda de identidade em Sulzbach 83

A bicicleta do Viola 91

A camareira marroquina 99

O torcedor e o radialista 107

A zona da zona mista 115

Um pouquinho do Brasil *121*

Na estrada, com Oldemário *127*

Subindo por onde se desce *133*

O pior hotel do mundo *139*

Que bonito é *145*

Brigando com a língua de Goethe............................ *153*

Guia de viagens.. *161*

A taça do mundo é nossa *169*

O MUNDO DAS COPAS

A cobertura jornalística de uma Copa do Mundo – felizmente – não se restringe aos estádios e aos campos de treinamento. Vai muito além. Envolve países, torcidas organizadas ou não, mexe com cidades, sedes, salas de imprensa, salas VIP e até com endereços desconhecidos de metrópoles sem... endereços. Há todo um clima que se desprende dos estádios e se alastra pelas ruas, pelas manhãs, pelas noites, pelos restaurantes, pelas festas de botequim, pelas recepções em embaixadas e consulados. Tudo isso (e muito mais) se enquadra na cobertura periférica da Copa do Mundo – e Artur Xexéo é o cronista da periferia.

Nunca vi ninguém, ninguém mesmo, descrever tão bem a angústia de arrumar as malas para uma viagem de 45 dias pelo exterior, sujeita a variações de clima, de ambientes, de hotéis, de estádios, de situações. Só mesmo o Xexéo. Posso falar de cadeira, pois a angústia da mala é a que me domina neste momento em que me preparo para mais uma Copa, desta vez na África do Sul.

O que distingue o autor, no caso, é que ele foi escalado para fazer a cobertura de quatro Copas justamente por não ser um especialista. Nem em futebol, nem em outro tema qualquer. Tenho horror a essa palavra, especialista, que sugere limitações, restrições, e que compreende um universo apequenado. Xexéo circula num universo muito mais amplo, aquele que rodeia o grande evento do futebol. Não é um "especialista". Ao contrário, prima pela versatilidade. É crítico das artes e dos artistas, da política, da vida, é arguto observador do comportamento humano.

Ele mesmo classifica esta sua obra como um relato de viagens. Xexéo tem um olhar microscópico para o cotidiano e para os personagens do cotidiano. Esse olhar o conduz ao local exato da notícia ou, melhor ainda, ao tema de sua crônica. Depois, ele completa essa capacidade visual com a precisão de suas frases, suas palavras – seus diálogos! Ao olhar certeiro, penetrante, soma-se um texto marcado pela ironia, pelo humor, pela perspicácia. Não há desperdício no seu jeito de escrever. São as palavras certas no lugar certo. Elas, as palavras do Xexéo, são insubstituíveis, tal como os maiores craques das Copas do Mundo, aqueles que não podem sair do time.

É assim que ele passeia, com seu olhar e sua escrita, pela sala VIP do estádio; é assim que ele troca três palavras com, vejam só, Frank Sinatra; é assim que ele trata, quer dizer, maltrata a culinária coreana; é assim que ele descobre um endereço improvável numa cidade como Tóquio, que não tem endereços pelo motivo simples de que suas ruas não têm nomes. Mesmo que tivessem, asseguro a vocês, não seria fácil achar uma determinada livraria por lá. Xexéo achou. Com o dobro de Copas nas costas, jamais consegui penetrar numa sala VIP, dentro ou fora do estádio. Em compensação, estive com Xexéo em Saitama, Japão, no mesmo hotel cujos quartos eram os menores que já vi no mundo inteiro. Logo depois que consegui ajeitar um canto para depositar a mala (olha ela aí, atrapalhando), recebi um telefonema de outro quarto, o quarto de Xexéo.

– Calazans – ele disse –, eu ia te chamar pra tomar um uísque comigo, mas no meu quarto não cabem dois copos.

– Nem no meu – respondi.

Ficamos sem o uísque.

Da mesma forma, estivemos juntos no pior voo de nossas vidas, também na Copa de 2002, uma viagem debaixo de tempestade, de Ulsan para Seul, em que até a aeromoça chegou a entregar os pontos. Pois mesmo essa história de pavor, o cronista consegue transformar num episódio hilariante, como vocês vão conferir. Hilariante, oito anos depois, é claro.

Mas é isso aí. De agora em diante, vocês vão viajar com Artur Xexéo pelas Copas do Mundo, ou pelo Mundo das Copas, com todos os atalhos que ele percorreu. Uma viagem muito mais agradável, tenham certeza, do que aquela de Ulsan a Seul. Eu vou ficando por aqui. Jorge Luis Borges ensinou certa vez, com seu extraordinário poder de concisão: "Deus te livre, leitor, de prólogos longos." Neste caso, já passei da conta. E além de tudo – vocês se lembram, não é? – tenho que fazer minhas malas para a Copa da África do Sul.

Fernando Calazans,
maio de 2010

O JURAMENTO DE KOBE

Foi no bar sofisticado de um hotel elegante na cosmopolita cidade japonesa de Kobe. Bem, passado tanto tempo, não tenho mais muita certeza de que o bar fosse mesmo sofisticado, o hotel, elegante, a cidade, cosmopolita. Mas, depois de vinte dias andando pelas cidades mais sem graça, os hotéis mais fuleiros e os bares mais feios da Coreia, aquela primeira parada no Japão parecia um paraíso. Na mesa estavam Luis Fernando Verissimo, o cronista dos cronistas, Fernando Calazans, o único especialista em futebol do grupo, e eu.

Foi na véspera da partida do Brasil contra a Bélgica pelas oitavas de final da Copa de 2002, que a gente ganhou de 2 X 0. Mas, como àquela altura o jogo ainda não tinha acontecido, o clima não era de comemoração. Diria mesmo que o ambiente estava meio depressivo, o que é muito comum entre um jogo e outro de Copa do Mundo. Verissimo tomava uma água tônica, Calazans, uma Coca light, e eu, uma água sem gás. Bem, passado tanto tempo, não tenho mais certeza de que essas fossem mesmo as bebidas à mesa.

Lembro-me de que, por alguma dieta, Verissimo não estava bebendo. Uma água tônica faz sentido. Calazans tinha passado toda a fase coreana procurando, sem sucesso, uma Coca light. Seria natural que ali, na supostamente cosmopolita Kobe, ele, enfim, pedisse uma. E eu... não tenho a mais pálida ideia do que estava tomando. Mas, para seguir o aparente hábito antialcoólico do grupo, estou inventando que tinha pedido água. É capaz de ser tudo verdade. Isso não é importante. O fato real, e inesquecível, foi que ali, naquele bar de um hotel em Kobe, Verissimo pediu a palavra – o que já é notável – e fez uma espécie de brinde de despedida ao que chamou de "minha última Copa". Fez umas contas, revelou a idade e previu que não teria mais disposição física para enfrentar outra maratona do Campeonato Mundial de Futebol. Enquanto ele falava, eu fui me lembrando da rotina de fazer e desfazer malas toda semana, das saudades de casa, das surpresas – muitas vezes desagradáveis – com os hotéis que nos eram reservados, da inadaptação com certos tipos de comida, do corre-corre nos aeroportos... e me juntei àquele brinde: "À minha última Copa." Calazans não parecia tão entusiasmado em pendurar as chuteiras com a gente, mas, talvez por solidariedade, associou-se ao brinde: "À minha última Copa." O brinde virou um juramento. Copa do Mundo, nunca mais.

Quatro anos depois, Verissimo, Calazans e eu voltamos a nos encontrar. Na Alemanha. Em mais uma

Copa. Sem vergonha alguma de termos quebrado o juramento. De novo, vivíamos a rotina de fazer e desfazer malas toda semana, de encontrar hotéis nem tão bons assim, de morrer de saudades de casa... Tudo parecia menos importante diante da possibilidade de mais uma vez seguir a seleção brasileira de futebol por um país estranho. Copa do Mundo vicia.

Como jornalista, tive o privilégio de participar da cobertura de quatro Copas do Mundo seguidas: a dos Estados Unidos, a da França, a da dobradinha Coreia/Japão e a da Alemanha. Entre 1994 e 2006, vi a seleção brasileira jogar três finais e ser duas vezes campeã. Para quem nunca foi muito ligado ao popular esporte bretão, é um currículo e tanto. Minha participação seguindo o circo que rodeia a seleção não dizia respeito às táticas de Parreira, Zagallo ou Scolari. Nem ao talento de Romário, Ronaldo ou Kaká. Eu comia pelas beiradas. Ficava na periferia. Meu olhar era o do torcedor privilegiado que, entre um jogo e outro do Brasil, tinha que arranjar o que fazer. De preferência, longe de um campo de futebol.

Sou Fluminense, fã de Castilho e fui um dos mais animados torcedores nas ruas do Rio durante as comemorações da vitória na Copa de 70. Mas devo confessar que minha intimidade com o Maracanã se limita à de integrante das plateias dos shows de Paul McCartney, Rolling Stones, Madonna e do Rock in Rio 2. Quando meus chefes do *Jornal do Brasil*, nas duas primeiras Copas, e do *Globo*, nas outras duas, me incluíram no grupo de jornalistas credenciados para cobrir o campeonato mundial de futebol, não estavam esperando que eu mandasse relatos sobre uma jogada genial de Ronaldinho Gaúcho ou revelações dos bastidores da concentração do time brasileiro. Eu estava lá naquelas quatro Copas para registrar amenidades. Um cronista do supérfluo.

Em Copas do Mundo, equipes de jornalistas com um não especialista entre seus integrantes já é uma tradição. A prática começou em 1986, a segunda realizada no México. Aquela foi uma Copa meio improvisada. O país que deveria sediá-la era a Colômbia. Mas os colombianos não deram conta dos gastos que a competição exigia. O México, então, topou a parada na última hora. Um grupo grande de torcedores e artistas saiu daqui comandado pela turma do Circo Voador, um centro de ebulição artística que fazia sucesso na noite carioca. A ideia era montar um Circo em Guadalajara, onde ficaria a concentração brasileira na primeira fase, e reproduzir, no México, os shows que faziam história na praia do Arpoador. Resumindo: haveria muito assunto, além do futebol, para sair nos jornais. Lembro-me que de toda a cobertura daquela Copa – e Copas do Mundo costumam ser exaustivamente cobertas pela imprensa brasileira – o que eu mais gostava de ler eram os artigos que Nelson Motta mandava para o *Globo*. Era neles que a gente podia saber que, além de acompanhar os jogos, os estrangeiros no México estavam sofrendo com o Mal de Montezuma ou com a onipresença dos mariachis. E por que diabos no dia da estreia da seleção brasileira, em jogo contra a Espanha, o hino tocado no estádio foi o da Bandeira e não o Nacional? Copa do Mundo, no Brasil, é assunto sério, e as colunas de Nelson Motta serviam como um bem-vindo intervalo de bom humor em meio a tantas notícias sobre as táticas de Telê Santana ou o inesperado talento de Josimar.

Até então, nunca imaginei que pudesse cobrir uma Copa do Mundo. Mas, desde as colunas de Nelson Motta, achei que, um dia, eu também poderia estar lá. Fiquei esperando a minha vez. Cheguei a imaginar que estaria na equipe enviada para a Itália, em 1990. Naquele ano, o *Jornal do Brasil* investiu na cobertura periférica e, além dos colegas da editoria de esportes, mandou um cronista social, um jornalista para fazer críticas gastronômicas, um outro para cobrir exposições em museus, mais um para atrações turísticas... Não sei como não mandaram alguém para cobrir a briga entre os jornalistas para publicar uma matéria. Porque, na hora da edição, o importante continuava sendo o futebol, e nenhum jornal do mundo tem espaço para tantos restaurantes, tantos museus, tantas cidades turísticas. Mesmo assim, com todo o excesso populacional na equipe do *JB* daquele ano, não teve lugar para mim.

Minha vez só chegou quatro anos depois. Mas, em compensação, desde então nunca mais soube o que era uma Copa do Mundo fora do país em que ela é realizada. Foi uma experiência inesquecível. Nas minhas quatro Copas, por exemplo, tive a oportunidade de acompanhar como o desenvolvimento da tecnologia modificou o meu ofício. Na Copa americana fomos apresentados ao telefone celular. Eu não tinha um. Mas os assessores de imprensa já não viviam sem ele. Era um instrumento fundamental para contar para os poucos que já usavam a engenhoca como estava o tráfego na rodovia 101 na Califórnia. Como o tráfego na 101 sempre estava bom, não entendia direito para que servia aquilo. A Copa francesa foi a Copa da internet e, pela primeira vez, a gente podia viajar com um departamento de pesquisa inteiro na bagagem. Na Coreia, foi a vez da máquina fotográfica digital. No Japão, acessei pela primeira vez o Google. Alguém se lembra de como era o mundo sem o Google? Na Alemanha, enfim, os deslocamentos ficaram muito mais fáceis com a companhia do GPS.

Neste livro de crônicas, conto um pouco de minha passagem por essas quatro Copas. Não é um livro de futebol, embora o futebol seja sempre o pano de fundo. É mais um livro de viagens, embora a viagem nunca seja o assunto principal. Nas Copas, fui um torcedor acidental. Tenho colegas que são capazes de se lembrar da defesa de Taffarel na dramática disputa de pênaltis que encerrou a partida contra a Itália na final de 1994. Ou de cada lance da partida, na mesma Copa, contra a seleção holandesa em Dallas – o jogo mais bonito que eu vi da seleção durante todo esse tempo. Eu também me lembro, não com tantos detalhes, dessas partidas. Mas o que ficou guardado para sempre em minha memória foi a apresentação dos Três Tenores, no Rose Bowl, em Pasadena. E o show de Gilberto Gil no Olympia de Paris – não tanto pelo Gil, que fez um espetáculo igualzinho aos muitos que eu já tinha visto no Brasil, mas por ser no Olympia, o templo da música popular mundial na minha adolescência. Eu me lembro de como decifrar um endereço em Tóquio, uma cidade em que as ruas não têm nome. E dos pagodes que Romário comandava na Casa da Brahma em Los Gatos. E do fiasco que foi o desfile da Beija-Flor, organizado por Joãosinho Trinta, no Jardin des Tuileries. Alguém tinha que contar essas histórias, não? Pois elas estão aí. Boa viagem.

UM CONVITE PARA JOYCE PASCOWITCH

Fazer a mala é o primeiro obstáculo para uma viagem bem-sucedida. Quando chega ao seu destino, o viajante sempre descobre que carregou coisa de mais ou coisa de menos. Na minha primeira Copa, por exemplo, a dos Estados Unidos, ainda acreditava que eu passaria um tempo envolvido num mundo de glamour, com muitas recepções oficiais e coquetéis em embaixadas, o que me levou a botar um terno na bagagem. Passei a Copa quase toda vestindo tênis, camiseta e bermuda, e com o terno ocupando na mala um espaço que não estava sobrando. O evento que mais se aproximava de uma festa que tive que frequentar foi um pagode, promovido por Romário, na casa alugada, na californiana Los Gatos, por uma cervejaria patrocinadora da seleção. Passeio completo não era exatamente o traje adequado para ir ao pagode do Romário. Para não faltar com a verdade, houve uma recepção na casa do embaixador em Los Angeles. Achei que seria chique. Estávamos na cidade para a final da Copa de 94. Uns quatro dias antes do jogo, o telefone tocou. Era uma moça da embaixada convidando para a tal festa. A ideia era reunir a comunidade brasileira de Los Angeles com os jornalistas que estavam de passagem.

– O senhor confirma presença?

– Confirmo, sim.

– O senhor pode convidar a Joyce Pascowitch?

– Sinto muito, mas não conheço a Joyce Pascowitch.

Ela não conseguiu esconder a decepção, e eu não escondi a felicidade de, enfim, tirar o meu terno da mala.

No dia seguinte, o telefone tocou outra vez. Era a moça da embaixada. Meu terno já estava na lavanderia do hotel, e eu tinha pagado uma taxa extra para recebê-lo de volta em 24 horas.

– Gostaria que o senhor confirmasse a presença.

– Tá confirmado. Nada mudou desde ontem. Minha agenda continua vazia.

– O senhor convidou a Joyce Pascowitch?

A moça não pensava em outra coisa. Expliquei para ela que éramos de jornais concorrentes, que não tinha contato com colegas de outros jornais e que nem sabia se a Joyce estava mesmo em Los Angeles. Ela ficou arrasada, e eu tive que desligar porque um funcionário do hotel estava batendo à minha porta com o meu terno.

Vinte e quatro horas depois, no dia da recepção, o telefone tocou. Era a moça da embaixada.

– Gostaríamos de confirmar sua presença...

– Confirmadíssimo.
– O senhor localizou a Joyce Pascowitch?

Meu Deus, aquilo era uma obsessão! Convicto de que a moça da embaixada continuaria me telefonando, pelo resto de meus dias, até eu me tornar amigo íntimo de Joyce Pascowitch, prometi que conseguiria localizá-la. Enquanto já tirava meu terno do armário, onde ele estalava de engomado (nunca soube como dizer em inglês "sem goma, por favor"), dei dois telefonemas, consegui o número da Joyce e retornei a ligação da moça da embaixada. Não pude ver a cena, já que só conversávamos por telefone, mas tenho certeza de que ela estava ajoelhada a meus pés.

– Muito obrigada. Muito obrigada mesmo. O senhor confirma presença?

– Confirmo.

A moça da embaixada encerrou a ligação com a frase que provocou em mim uma decepção quase tão grande quanto o nosso empate com a Suíça algumas semanas antes:

– Ah... só mais um lembrete: é traje informal, viu?

Nunca mais pus um terno na mala e, desde então, tornei-me fiel à máxima de que, durante uma Copa do Mundo, se o evento exige terno, é melhor não ir.

O problema de se fazer uma mala para a Copa do Mundo é que ela deve ser útil para uma estada de 42 dias. É impossível prever o que vai acontecer na vida da gente durante 42 dias. Tenho inveja do jornalista que cobriu a Copa do Uruguai, em 1930.

Foi a primeira de todas e durou civilizados 15 dias. Uma mala para 15 dias é moleza. Tenho certeza de que a questão da mala para 42 dias aflige todos – jornalistas, jogadores, técnicos, torcedores – que se dispõem a enfrentar, de quatro em quatro anos, a maratona futebolística. Em 2002, quando a Copa foi realizada na Coreia e no Japão, recebi algumas dicas do editor de esportes do *Globo*, Antonio Nascimento: "Chove muito na Ásia nesta época do ano." O que eu deveria fazer com essa informação? Levar um guarda-chuva? Incluir galochas na minha mala? Alguns colegas que tinham embarcado antes de mim e já estavam na coreana Ulsan, onde se concentrava a seleção brasileira, também mandaram recados: "Traz umas toalhas." Toalhas? Não teria toalhas em hotéis da Coreia? Por precaução, pus um par de toalhas na minha mala para a Copa de 2002, mas desisti das galochas.

Na época, tive acesso a informações que descreviam o que Felipe Scollari, o Felipão, técnico do time brasileiro na ocasião, levava em sua mala. Poderia ser útil, não? Vamos à lista: três livros (*A arte da guerra, O limite da ambição – A arte de decidir em momentos críticos na carreira de um líder* e *O poder do entusiasmo*), três DVDs (um do Andrea Bocelli, outro do Paul Simon e um terceiro dos Bee Gees), três camisas sociais, quatro calças (uma de sarja), cinco camisas polo, dois ternos... Dois ternos? Se um terno é roubada, o que dizer de dois? Definitivamente, as dicas de Felipão nunca me serviriam.

Sabedor de minha angústia ao decidir o que pôr na mala, Paulo Coelho – o mago imortal – imbuiu-se do posto de meu assessor especial para malas na Ásia e me descreveu o que deve constar de uma mala perfeita: "Uma calça, três camisas, três camisetas, suéter, meias e cuecas. Isso é tudo. E um cartão de crédito que deve pesar dez gramas e é muito útil para as emergências que nunca acontecem, se Deus quiser. De resto, deixe muito espaço vazio porque, se a tradição for mantida, seu assessor indica que vai receber muitos presentes: leques, vasinhos, tecidos, copinhos de saquê, caligrafias etc."

Não duvido da sabedoria de Paulo Coelho na arte de fazer malas. Imagino que não haja outro brasileiro com mais experiência na área. Se bem que, na questão de presentes, ele falhou drasticamente. Coreano e japonês dão presentes para... Paulo Coelho! Já para um jornalista de amenidades... Voltei da Coreia e do Japão sem um presentinho sequer. Além disso, não há experiência que nos previna das esquisitices meteorológicas que ocorrem durante um campeonato mundial de futebol. Acontece de tudo numa Copa do Mundo. E nunca houve um tudo tão estranho quanto o que aconteceu em Dallas.

Fomos a Dallas para o jogo contra a Holanda pelas quartas de final da Copa de 94. É uma cidade estranha. A caminho do hotel, no táxi que peguei no aeroporto, o motorista me perguntou:

– O senhor já esteve na cidade?

– Não. É minha primeira vez.

– Por esta rua, passou o cortejo do presidente Kennedy.

Confesso que já tinha me esquecido de que Dallas ficara tão marcada por ter sido a cidade onde Kennedy foi assassinado. Acreditava que, nos últimos anos, o lugar ficara mais conhecido pelo seriado de televisão que expunha a vilania de J. R. e as bebedeiras de Sue Ellen. Eu me esqueci da morte de Kennedy, mas Dallas não se esquece.

– Foi aqui que ele levou o primeiro tiro – continuava o motorista. – Olha aquele prédio. Ali ficava o depósito de livros de onde Lee Oswald atirou. Agora é um museu.

Minha primeira excursão por Dallas repetia o último percurso da vida de Kennedy.

– Ali ficava o cinema onde o assassino foi preso – continuava o motorista obcecado por um crime que ocorrera quase trinta anos antes.

Será que se eu fosse para outro hotel, em outro bairro, não passaria por tantos sítios históricos? Ledo engano. Em Dallas, todos os caminhos levam a Kennedy, o que deixa a gente um pouco deprimido. E, mesmo desperto para a estranheza da cidade, nada me preparou para o meu primeiro – e, por enquanto, único – contato com o fenômeno meteorológico mais exótico da minha vida.

Foi no dia do jogo. Tinha um tempo livre e resolvi dar uma volta nas cercanias do hotel, que ficava no

Centro da cidade. O Centro de Dallas não é dos lugares mais movimentados do planeta. Assemelha-se mais a uma cidade-fantasma, o que deixou tudo um pouco mais aterrorizante. Fazia sol. Saí do hotel, ninguém na rua como sempre. Atravessei para o outro lado da calçada. Olhei para a direita. Não vi nada que merecesse minha atenção. Olhei para a esquerda... opa... o que era aquilo? Ali, na minha calçada vazia, continuava sol, tempo firme. Mas, no outro quarteirão, três pessoas lutavam desesperadamente contra o mau tempo. Chovia, ventava, um guarda-chuva voou, uma bandeira na fachada de um hotel tremulava freneticamente. Me senti num episódio de *Além da imaginação*. No meu quarteirão, vivia o mais agradável dos verões; no quarteirão ao lado, o mais tenebroso dos invernos. Como é que pode?

Segui em frente, aproveitando o sol e me afastando daquela tempestade esquisita quando, de novo a um quarteirão de distância do meu hotel, o inverno me pegou. Ventava tanto que tive que me agarrar a um poste. Chovia também. Tomei fôlego, dei cinco passos para trás e... o verão reapareceu. Olhei de novo para aqueles lados onde tinha visto a ventania pela primeira vez e estava tudo na mesma: mais um guarda-chuva voando, a bandeira histérica, as três pessoas se abraçando para não irem ao sabor do vento. Voltei rapidinho para meu hotel e, ao relatar minha aventura, percebi os olhares incrédulos, os muxoxos de desconfiança. Tinha um furacão no quarteirão ao lado, mas ninguém acreditava. Naquela mesma tarde, um pouco antes do jogo, a gente soube, no estádio Cotton Bowl, que o que eu tinha visto fora um minitufão. Às vezes, um tufão, em seu caminho, se subdivide em vários tufõezinhos. São violentos também, mas menos perigosos porque sua área de atuação é bem pequena. Antes de o tufão se transformar em centenas (milhares?) de minitufões, a partida quase foi cancelada. Agora, me explica, o que é que a gente põe na mala para enfrentar um minitufão? Não há Paulo Coelho que resolva esta questão.

Uma mala malfeita pode trazer problemas por uma Copa inteira. Dizem que Copas do Mundo sempre se realizam no verão, o que, em princípio, facilita a feitura de uma mala. Mas não se pode esquecer que uma das cidades mais visitadas por brasileiros na Copa dos Estados Unidos foi San Francisco. E quem disse que existe verão em San Francisco? Uma das muitas frases célebres deixadas pelo escritor Mark Twain comentava exatamente esta peculiaridade da cidade: "O inverno mais rigoroso da minha vida, eu passei num verão em San Francisco." Na Copa, eu também passei um inverno rigoroso em San Francisco. Mas, quatro anos depois, passei o inverno mais rigoroso da minha vida num verão em Paris. Não houve mala que desse conta daquele verão gelado. Todos os brasileiros foram surpreendidos com dias cinzentos, muita chuva e um frio de rachar. Eu mesmo passei uma tarde nas Galeries Lafayette comprando casaco, meias de lã, cachecol e luvas que, claro, não estavam na minha lista de uma mala perfeita para o verão parisiense. No entanto, ninguém sofreu mais que um colega que passou todo o inverno rigoroso daquele verão em Paris tentando reencontrar o casaco que tinha deixado no Brasil.

Até Ronaldo Fenômeno aparecer daquele jeito que todo mundo lembra na final contra a França, esta foi a história mais comentada por jornalistas brasileiros nos cafés do Boulevard Saint Germain. Não vou citar nomes porque alguns dos envolvidos sentem-se constrangidos até hoje. Chamemos o primeiro personagem de... Fulano. Pois bem, Fulano, que trabalhava no *Globo*, foi enviado para Paris junto com a seleção, ou seja, uns vinte dias antes de a Copa começar. Chegando lá, descobriu que o verão francês era uma balela e que sua mala não tinha roupa alguma adequada para enfrentar o frio. Recebeu vários conselhos para comprar um casaco. Mas ele não queria. Não se conformava em ter deixado no Rio um casaco novinho que tinha acabado de adquirir, com forro de pele e capa impermeável. Ligou para a mulher no Brasil e pediu que ela lhe mandasse o casaco com o primeiro colega que embarcasse para Paris. A mulher de Fulano não perdeu tempo e despachou o casaco com... Beltrano, editor do *JB* que não iria cobrir a Copa, mas tinha ganhado uma viagem do Caderno de Turismo para conhecer o roteiro de castelos na França. Ele iria aproveitar a passagem para, ao fim do tour, passar uns dias em Paris e aproveitar aquele comecinho de Copa. O problema de Fulano estava resolvido. Ele só não contava com a instabilidade psíquica de Beltrano. No meio da excursão pelos castelos, Beltrano ficou deprimido, interrompeu a viagem, desistiu de Paris e voltou para o Brasil. Com o casaco de Fulano.

– Compra um casaco, Fulano! – diziam todos que se encontravam com ele tiritando de frio no Boulevard Montparnasse.

– Não compro. Meu casaco é bom para o vento e bom para a chuva. Minha mulher vai dar um jeito de ele chegar aqui.

A mulher de Fulano pegou o casaco de volta e o entregou para... Sicrano, muito amigo do marido e que estava indo para a Copa com a equipe do *JB*. Sicrano e Fulano se encontraram no saguão do hotel em Paris onde as duas equipes estavam hospedadas. Abraçaram-se, trocaram amabilidades e chegaram à questão que importava:

– Trouxe meu casaco?

– Claro, mas espera só mais um pouco. Eu nem me registrei no hotel ainda e fui convocado para uma reunião com meu chefe. Assim que acabar, faço o check-in, vou para o meu quarto, desfaço as malas e pego o teu casaco.

Combinação estabelecida, Fulano e Sicrano só não contavam com o motivo da reunião: uma mudança radical de planos imposta pela diretoria do *JB* tirou Sicrano da cobertura. Na verdade, ele deveria voltar para o Brasil naquele mesmo dia e era bom não demorar muito por ali ou perderia o avião. Sicrano saiu correndo do hotel, voltou para o aeroporto e levou na bagagem, que nem sequer fora aberta, o casaco de Fulano.

– Compra um casaco, Fulano!

– Não compro. Agora é uma questão de honra.

Fulano tratou de orientar a mulher a entregar o casaco para o último grupo de jornalistas do *Globo* que estava indo para Paris. Era a última chance. O casaco embarcou pela terceira vez. Não tinha como dar errado. O grupo chegou a Paris, alugou um carro no aeroporto e, no caminho para o hotel, parou no centro de imprensa para que todos se credenciassem. Burocracia cumprida, quando voltaram para o estacionamento, perceberam que... o carro tinha sido roubado. Com tudo dentro, as roupas de todos os repórteres, os computadores portáteis, as máquinas fotográficas e... o casaco de Fulano. Antes que pegasse uma pneumonia, Fulano, enfim, comprou um casaco novo, e eu aprendi que, por mais que você planeje uma mala bemfeita, há roupas que se negam a viajar.

Ah... ia me esquecendo. A Joyce Pascowitch não apareceu na recepção do embaixador em Los Angeles.

SANGUE DE BOI TEM PODER

Era fácil encontrar Junior em Ulsan. O craque do Flamengo estava na Coreia para comentar a Copa de 2002 para o SporTV. Mas todo dia, na hora do almoço, podia ser visto batendo ponto no Boi Sangrento, o improvisado restaurante brasileiro que foi inaugurado na cidade atendendo uma demanda de torcedores e, principalmente, jornalistas que não se adaptaram à culinária local.

Nunca entendi os brasileiros que, 24 horas depois de pisar em outro país, começam a procurar um restaurante que sirva feijoada, tutu à mineira, goiabada cascão ou carne-seca com farofa. Sei que ninguém é obrigado a aderir à comida mexicana ou tunisiana quando em visita ao México ou à Tunísia. Mas sei também que há sempre uma ou outra alternativa. Comida italiana, por exemplo, é um porto seguro. Um espaguete ao alho e óleo é um espaguete ao alho e óleo em qualquer lugar do mundo. Também não sou daqueles que apoiam o apedrejamento de McDonald's pelos quatro cantos do planeta. Acho até interessante a existência de uma rede de comida ligeira que mantém o mesmo sabor em qualquer país. Há quem não goste de hambúrgueres. Mas quem gosta sabe que um quarteirão com queijo não vai decepcionar onde quer que se esteja.

Só comecei a ser mais compreensivo com essa mania de arroz e feijão quando, como aconteceu com Junior, a Copa do Mundo me levou a Ulsan. É verdade que seguidores da seleção brasileira de futebol reclamam de tudo. Em Paris, por exemplo, na Copa de 98, nosso hotel ficava a alguns passos da celebrada brasserie La Coupole. Mas, depois de 15 dias de estada, eu me perguntava como Picasso, Hemingway e Jane Birkin aguentavam tanto escargot, ostra e aquela gordura em doses industriais que faz parte da receita de todos os pratos do restaurante. Pertinho também ficava a rue Montparnasse, onde estava a maior concentração de creperias da cidade. No entanto, acredite, após dois dias de crepe no almoço e no jantar, eu fazia questão de passar de costas pela Montparnasse. E cidra tem que ser mesmo a melhor bebida para acompanhar os legítimos crepes? Mas nada como uma Copa depois da outra. Em Ulsan, eu seria capaz de gastar toda minha diária num único crepe. Isso se eu encontrasse um crepe na cidade. E isso se o crepe local não fosse temperado com kimchi, uma conserva que iguala o sabor de qualquer prato coreano.

Ulsan foi uma experiência gastronômica inesquecível. Foi lá que fiquei com saudades da supostamente sofisticada comida californiana, uma mania da Copa de 94, que acrescentava pétalas de rosa no filé com fritas e pitadas de ouro em pó na salada de batatas. Tudo é saboroso diante do cardápio coreano. Eu deveria ter desconfiado da peculiaridade da gastronomia local desde que me registrei no hotel. Nosso hotel ficava à beira-mar. Meu quarto praticamente tinha vista para a praia de Ulsan. O "praticamente" vai por conta de uma horta que separava a, digamos, avenida litorânea da praia propriamente dita. Isso mesmo, tinha uma horta no meio do caminho. Todos os dias, de manhã cedo, uma legião de coreanas chegava à horta para regar e podar canteiros de repolho, rabanete, cebola, pepino e alho. O fato fez com que eu logo desistisse de caminhadas matutinas no calçadão. Não ficava nem bem desfilar de calção de banho, boné e filtro solar entre senhoras que davam duro na enxada. Logo aprendi que a união de repolho, rabanete, cebola, pepino e alho garante a feitura do maldito kimchi.

Pensei que meu grande problema em relação à culinária coreana seria evitar a famosa carne de cachorro. Mas carne de cachorro não é fácil de se encontrar na Coreia. Já o kimchi... Os coreanos dizem que à mistura pode ser acrescentada ou não pimenta. Bem, eu não conheci o kimchi sem pimenta. E a pimenta é tão forte que, após uma mordida em qualquer coisa com kimchi, o comensal é capaz de sair latindo (será por isso que inventam que em cada esquina tem carne de cachorro à venda na Coreia?). Talvez a pimenta seja para disfarçar o gosto do repolho. As donas de casa coreanas costumam preparar a conserva no fim do ano para ter a mistureba pronta durante todo o inverno. O acepipe é tão popular que existe até um tipo de eletrodoméstico exclusivo da Coreia: a geladeira para guardar kimchi. São duas geladeiras em cada lar coreano: uma só para kimchi.

Tentei fugir do kimchi aderindo a uma das características mais bonitas de Ulsan: as padarias. São sensacionais. Ambientes agradáveis, com o pão à mão do freguês – há sempre duas ou três mesinhas para se saborear um pão com café. O problema é que não tem café nas padarias coreanas. Sobra o pão. Sempre algumas dezenas de tipos diferentes. Lembram padarias parisienses. Aliás, Ulsan gosta da semelhança e costuma batizar suas padarias com nomes típicos franceses, como Paris Baguette, La Vie en Rose ou La Tour. O problema é que o paladar coreano não dispensa, além da pimenta, uma tendência para o adocicado. Não encontrei nenhum pão apimentado – mas tenho certeza de que existe algum com kimchi – mas também não encontrei um só pão que não fosse doce. De vez em quando, comprava um inocente e convencional pão de fôrma para descobrir, ao saboreá-lo com manteiga, que havia algumas passas e um ou outro grão de milho verde escondidos na massa. "C'est la vie", o que, pensando bem, até que daria um bom nome para padaria em Ulsan.

Depois de desistir do pão, só me sobrou o kimchi. Kimchi é para se comer com tudo. O prato mais palatável para mim era o bulgogi, que a brasileirada logo apelidou de buldogue (há sempre um cachorro na cabeça de brasileiro quando se come um prato coreano). O bulgogi talvez seja o prato coreano mais adequado para estômagos ocidentais. É uma carne (de vaca!) desfiada, feita na chapa. Simplesinha. Vem sempre acompanhada daquele arroz empapado e de uma profusão de tigelinhas com temperos variados, entre eles... o kimchi! Tudo leva kimchi na Coreia. Até cachorro. E, embora eu não tenha visto ninguém comendo cachorro no país, essa foi uma questão que mobilizou os restaurantes locais durante toda a temporada. A Associação Nacional dos Restaurantes de Carne de Cachorro – sim, existe uma na Coreia – reunia, na época da Copa, 150 proprietários de casas que ofereciam a iguaria. São duas as formas de comer cachorro: o kegogi e o boshintang. O kegogi é o cachorro em pedaços. Costeletas, por exemplo. Mas a associação estava a fim de dar uma força para o boshintang, a sopa de cachorro. Dava garantias até de que ela tinha propriedades medicinais. Nunca soube que propriedades eram essas, mas, com a quantidade de kimchi que aquela gente ingere, talvez fossem propriedades antiácidas. Park Song-soo, presidente da associação na época, deu entrevistas dizendo que eles deveriam "aproveitar a Copa do Mundo para ajudar a legitimar o consumo de cachorro e mudar o preconceito dos estrangeiros contra nossa culinária".

Apesar de não aprovar a inclusão de cachorro em qualquer cardápio, só comecei a ter preconceito contra a culinária coreana quando fui apresentado ao kimchi. Até no McDonald's, o hambúrguer é temperado com a tal conserva. E, mesmo admitindo que, na maioria das vezes, jornalista se alimenta no centro de imprensa dos estádios, onde a dieta se limita a pizza, salsichas e sanduíches de queijo (às vezes, quando o chef do estádio se animava, aparecia um strogonoff), saudei a inauguração, em pleno centro de Ulsan, no segundo andar de um sobrado onde funcionava um restaurante japonês, do tal Boi Sangrento, uma casa especializada em cozinha brasileira.

Não tinha feijoada, nem goiabada cascão. A ideia era fornecer uma comidinha caseira, como a das pensões familiares que proliferam nos centros das cidades brasileiras. Tinha salada de alface e tomate, e maionese de legumes. Arroz (grudento, né? Soltinho seria pedir demais) com feijão (mulatinho) e farinha. Carne assada e galinha. Se o cliente pedisse, a cozinheira preparava um ovo frito. Para fechar a nostálgica orgia gastronômica, melancia de sobremesa e um cafezinho – eles juravam que era brasileiro, mas eu tinha as minhas dúvidas. Logo entendi por que Junior não saía de lá.

Peço desculpas a todos os turistas brasileiros incompreendidos por mim durante anos e confesso: virei freguês do Boi Sangrento. Só fiquei preocupado com o que aconteceria com ele quando a clientela saísse de Ulsan para continuar seguindo o percurso da seleção brasileira pela Ásia. Quem mais naquela cidade pagaria para saborear uma comida sem kimchi? Mas os donos do Boi Sangrento eram espertos. No dia em que o circo da Copa do Mundo seguiu para Seul, eles transformaram o restaurante numa casa de espetáculos com apresentação de ritmistas brasileiros que acompanhavam um show de mulatas de biquíni. Nem mudaram o nome. Ulsan nunca mais foi a mesma depois da Copa.

UMA ENCOMENDA EM SHINJUKU-KU

A Copa do Mundo nunca foi a Tóquio. Mas eu fui. A equipe toda viajou para Yokohama, onde se realizaria a final de 2002 entre a seleção brasileira e a da Alemanha. Eu ganhei de presente do jornal uma semana em Tóquio. A viagem de trem a Yokohama não demorava nem uma hora. E, em Tóquio, eu teria mais assunto para a minha coluna. Além disso, eu poderia cumprir a única tarefa que tinha levado de casa: comprar na livraria Books Rose *Shirogane-no-Hana*, uma revista em quadrinhos de Gengoroh Tagame. Tinha levado até o endereço. Não deveria ser difícil. Só tinha me esquecido de que, em Tóquio, não há endereços. Pelo menos endereços do jeito que a gente conhece. As ruas não têm nome. E, para um ocidental, encontrar uma livraria em Tóquio, mesmo com o endereço na mão, pode se tornar uma missão difícil. Ou mesmo uma missão impossível.

A experiência em outras cidades asiáticas já havia demonstrado que a tarefa poderia ser complicada. Em Ulsan, quis ir na loja oficial da Copa do Mundo, onde eram vendidas todas as bugigangas com o logotipo do campeonato mundial de futebol. Sabe qual era o endereço? Pertinho do Hotel Koreana. Não adiantava tentar uma direção mais específica. Qualquer anúncio da loja, qualquer informação oficial, qualquer morador da cidade dizia a mesma coisa: a loja ficava pertinho do Hotel Koreana. Um dia, peguei um táxi e, cheio de preocupação, repeti as palavras mágicas: Hotel Koreana. O taxista nem se perturbou. Sem insegurança alguma, me deixou em frente à portaria do hotel. Logo achei a loja que procurava. Ficava pertinho.

Assim que cheguei a Tóquio, comprei um guia do metrô que trazia na contracapa o anúncio de um restaurante especializado em tempurá. Sabe qual era o endereço? "Entre a loja de departamentos Mitsukoshi e a loja de departamentos Matsuzakaya." Não dava para ser mais específico? Claro. Ficava no bairro de Ginza. Só isso? Só isso. Em Ginza, entre a Mitsukoshi e a Matsuzakaya. Não tinha como errar.

Eu sei que eles possuem uma cultura milenar, e, durante toda a minha estada em Tóquio, não vi um só japonês com cara de perdido. Mas, para quem passou a vida inteira colecionando nomes de ruas, números de prédios e códigos de endereçamento postal, encontrar um endereço na Ásia é uma questão perturbadora.

A minha livraria tinha um endereço misterioso: 2,14, 11 Shinjuku, Shinjuku-ku. Rapidamente descobri que Shinjuku é um bairro, e que "ku" é bairro em japonês. Não tinha a menor noção de por que Shinjuku aparecia duas vezes no endereço. Mas tinha certeza de que a tal livraria ficava no bairro de Shinjuku. Ou em Shinjuku. Não era difícil chegar lá de metrô. Existe uma Estação Shinjuku. O problema é que o bairro é enorme. Imagine o que é descer na Estação Ipanema, no Rio, ou na Estação Vila Madalena, em São Paulo, e sair procurando uma livraria com a única informação de que ela fica em Ipanema ou na Vila Madalena. Ah, sem falar português, é claro. Passei um dia inteiro rodando feito um peru embriagado pelas ruas de Shinjuku. Não havia placas. Não havia números nos prédios. Que diabos podia ser aquele 2, 14, 11? Descobri a área que concentra o maior número de cinemas da cidade. Aqueles cinemões antigos, com entrada na calçada e cartazes gigantescos dos filmes em exibição. Logo na saída da estação, me vi numa praça lotada de moradores do bairro que acompanhavam num telão de alta definição as corridas de cavalo. Numa esquina, experimentei um sushi bar bem baratinho e com peixes de ótima qualidade. Havia um quarteirão inteiro com o que parecia ser a região de clubes pornôs mais quentes do Japão. Mas nem passei perto da misteriosa livraria. Para falar a verdade, não passei perto de livraria alguma. Talvez houvesse um quarteirão só de livrarias em Shinjuku. Mas onde?

    Liguei para o Brasil para expor o meu fracasso e confessar que estava desistindo da missão. Em troca, recebi mais uma dica: o telefone da livraria. Percebi que não seria fácil me livrar da tarefa. Liguei para a loja e pedi uma indicação mais precisa de como chegar lá.

– É fácil – respondeu-me um balconista. – É só sair da Estação de Shinjuku pelo portão Leste e andar 15 minutos em direção à loja Isetan.

– ...

– É só isso.

– Vem cá, em 15 minutos, um jovem de vinte anos percorre uma distância muito maior do que a percorrida por um velho de oitenta anos. Eu estou no meio desse caminho. Será que meus 15 minutos são suficientes para chegar à loja?

– Ah, então conta vinte minutos.

Desisti. Devia haver uma maneira melhor de se chegar lá. O pior era a dica de sair pelo portão Leste. Isso significava que deveria ter também um portão Oeste. E talvez um portão Sul e um portão Norte. Shinjuku-ku era muito maior do que eu imaginava. Será muito difícil para a prefeitura de Tóquio batizar as ruas da cidade? Garanto que a cidade iria economizar papel. Gasta-se muito papel em Tóquio. Para desenhar mapas. Não há endereço em Tóquio sem mapa. Nos anúncios de jornal, nos cartões de visita, nos folhetos de propaganda, há sempre um mapinha indicando como se chega lá. Há também aqueles três números enigmáticos como no endereço da livraria que eu não estava achando. Eles tinham que servir para alguma coisa.

Paulo Coelho, que algumas crônicas atrás tinha sido meu assessor especial para malas na Ásia, tornou-se imediatamente meu assessor especial para decifrar endereços em Tóquio. E mandou um e-mail:

"A livraria deve se chamar Kinokuniya, porque tem todos os livros do mundo. E tem uma filial em Shin-juku. Portanto: esquece aquela praça do telão, olha em volta, vai ver um miniEmpire State Building (na verdade, sede da DoCoMo); caminhe naquela direção, vencendo todos os obstáculos; irá dar em um rio de aço, ou seja, um lugar onde correm trens e metrôs, no lugar de água; de um lado, tem uma série de cafés, do outro, uma espécie de píer para admirarmos o rio de aço; vá (ou continue) até o final do píer. Ali está a livraria."

Tive que decepcionar o mago, mas não era a Kinokuniya que eu procurava. Como já expliquei, era a Books Rose. Mas ali existia ainda uma livraria com todos os livros do mundo? Tinha que achar essa também. E um miniEmpire State Building? Como é que eu tinha perdido isso? E mais um rio de aço? Pelo jeito, eu nunca mais iria sair de Shinjuku-ku. Mesmo que não encontrasse a minha livraria.

Em dois dias de pesquisas, descobri que o morador de Tóquio se guia pela localização de estações de trem, lojas de departamento, praças e coisas assim. Mas aqueles três números misteriosos deveriam servir para, pelo menos, facilitar a vida dos carteiros. Venci pela insistência. Matei a charada.

Algumas esquinas de Tóquio têm grandes cartazes que mapeiam as ruas do bairro. Nesses mapas, a gente percebe que o bairro é dividido em regiões numeradas. Essa regiões são divididas em quarteirões também numerados. E cada quarteirão, enfim, tem seus edifícios numerados (só os números dos prédios não aparecem nos mapas). Resumindo: com a ajuda do endereço – 2,14, 11 Shinjuku, Shinjuku-ku – a minha livraria podia ser localizada no mapa. Ela ficava no 11º prédio, do quarteirão 14, na região 2 de Shinjuku. Ufa! Copiei num papel informações do tipo "seguir em frente, atravessar cinco ruas, virar à direita, andar mais dois quarteirões, contar 11 prédios"... achei!

E aí começou outro problema. Na verdade, o tal *Shirogane-no-Hana*, de Gengoroh Tagame, não era uma revista em quadrinhos, mas um livro. Para ser mais específico, um livro em três volumes. Sendo mais detalhista ainda, cada volume tinha 299 páginas. O peso da minha mala aumentou consideravelmente. Mas eu voltei para casa com a encomenda.

AÍ EU DISSE PRO FRANK SINATRA...

O primeiro jogo de Copa do Mundo a que assisti ao vivo foi em Chicago, na abertura do campeonato de 94. A partida era entre Bolívia e Alemanha. Há várias maneiras de se assistir a um jogo de futebol durante uma Copa. Você pode ir para as arquibancadas com a torcida, gritar "Brasil" e fazer parte de todas as "olas" que aparecerem. Você pode também ir para a tribuna da imprensa e bancar o entendido, com ar meio blasé e dizer tudo o que o Felipão ou o Parreira deveriam ter feito. Enfim, você pode ir para a sala VIP do estádio e assistir ao jogo com um copo de uísque numa mão e um canapé de salmão na outra. Eu tive a chance de assistir a jogos de todas essas maneiras. E mais algumas.

Na Copa dos Estados Unidos, teve dia em que nem fui ao estádio. Uma pauta criativa do jornal me deixou em Los Gatos enquanto o resto da equipe ia para o Estádio de Stanford cobrir Brasil e Camarões. Eu ficaria na cidade para registrar como os americanos acompanhavam os jogos do Brasil. A ideia era ir aos bares típicos do país que misturam cerveja e televisão ligada em eventos esportivos. Como eles reagiriam ao talento brasileiro? A pauta não deu muito certo. Na mesma época da Copa, estava acontecendo o campeonato nacional de hóquei. Em todos os bares que fui, só dava hóquei. Ninguém sabia que havia um jogo do Brasil contra Camarões logo ali, em Stanford, perto de Palo Alto. Só cumpri a pauta até o fim do primeiro tempo. Depois, voltei para o hotel, para pegar pelo menos o finzinho da partida em que ganhamos de 3 X 0.

Mas naquele dia, abertura da Copa, eu estava em Chicago, no Soldier Field, junto à torcida boliviana. Ao meu lado, sentou-se uma boliviana alta, cabelos empapados de laquê, brincos, maquiagem carregada, salto alto, uma miniblusa vermelha e shortinho verde e amarelo.

– Vermelho, verde e amarelo são as cores da bandeira da Bolívia – ela me explicou, animada, puxando papo.

Ficamos amigos e, por isso, temi pela sorte da sua seleção quando tocaram o hino dos dois países. O da Alemanha foi cantado com fervor guerreiro. O da Bolívia... ninguém cantou o hino da Bolívia. A torcida boliviana não sabia a letra do hino de seu país. Perguntei para Verônica – já estávamos íntimos – o que estava acontecendo.

– Ninguém aqui é boliviano. São todos mexicanos radicados nos Estados Unidos. Só estão aqui para apoiar o futebol latino.

Deixei passar um tempo e fiz a pergunta que me atormentava:

– Mas, Verônica, você é boliviana, não é?

– Claro que não. Não conheço nenhum boliviano em Chicago. Sou do México.

E foi assim, ao lado de uma boliviana falsificada, praticamente uma boliviana paraguaia, que assisti à Alemanha ganhar de 1 a 0 da Bolívia em meu primeiro jogo da Copa do Mundo. Confesso que não me lembro muito da partida. Não me lembro bem nem mesmo de minha amiga Verônica. Mas nunca me esqueci de Diana Ross, no show que antecedeu o jogo, chutando uma bola para fora numa cobrança de pênalti armada para a cantora brilhar.

A participação de Diana Ross naquele começo de campeonato é mesmo inesquecível. Até porque, durante uma Copa, muitas celebridades aparecem tentando tirar uma casquinha num evento que é acompanhado por centenas de milhares de pessoas. Quer dizer, tentam aparecer. Numa Copa, não há estrela maior que os jogadores. Qualquer Diana Ross vira coadjuvante diante de Pelé e Beckenbauer, só para citar dois craques que, mesmo aposentados dos campos, continuam sendo atrações no campeonato mundial de futebol. Nas minhas quatro Copas, esbarrei em algumas celebridades. Algumas vezes, esses esbarrões não tiveram nada a ver com o futebol. Em Paris, por exemplo, quando um grupo de jornalistas resolveu conhecer o restaurante do hotel Costes, sentei-me numa mesa em que, se olhasse para a esquerda, via Lionel Richie com um grupo grande comemorando seu aniversário; para a direita, Roman Polanski num papo discreto com Johnny Depp.

Naquela festa na casa do embaixador em Los Angeles, aquela em que Joyce Pascowitch não apareceu, travei dois dedos de prosa com Dionne Warwick. Na mesma festa, a embaixatriz cometeu uma gafe irreparável com uma celebridade presente. Enquanto da aparelhagem de som saía um samba bem cantado, ela se aproximou de Cláudio Adão, o ex-jogador que estava lá com sua mulher, Paula Barreto, e fez uma pergunta exótica:

– Tá gostando de ouvir seu disquinho?

A gente não demorou muito para entender que a mulher do embaixador estava confundindo Cláudio Adão com Emílio Santiago. Ele foi um craque na resposta:

– Tô adorando.

Acho que até hoje a embaixatriz acredita que Emílio Santiago jantou em sua casa.

Na mesma Copa, em San Francisco, saí de uma lanchonete, onde havia tomado o café da manhã, e tentei comprar um jornal numa daquelas maquininhas que ficam na rua e que a gente conhece de cinema. Botei as moedas, girei a manivela e... nada. Um senhor, que estava do meu lado esperando o sinal de trânsito abrir, se ofereceu para me ajudar. Deu um chute na máquina por baixo, um soco por cima e...

pronto, me entregou um exemplar do *San Francisco Chronicle*. Quando me virei para agradecer... era Mel Brooks!

Pensei que tomaria uma overdose de celebridades quando assisti a um jogo na sala VIP. Foi em Kobe, no Japão. Não respeito muito salas VIPs que me aceitam como convidado. Mas, no caso, fui de penetra. O convite duplo tinha sido para Luis Fernando Verissimo e Lucia, sua mulher. Como Verissimo não quis deixar de lado a equipe de repórteres do *Globo*, fui escalado para acompanhar Lucia. Mesmo assim, é preciso desmitificar uma sala VIP de Copa do Mundo. Não é muito diferente do camarote da cervejaria no Sambódromo durante o Carnaval carioca. Há uma única grande diferença. No camarote do Carnaval, os jogadores de futebol são presença fundamental. Na Copa do Mundo, os jogadores de futebol costumam estar trabalhando. Imagine um camarote de cervejaria sem jogadores de futebol. Pois isso é uma sala VIP de estádio durante a Copa do Mundo.

Na ausência de jogadores, a gente se contenta com o que tem. Um dos mais VIPs em Kobe era o inglês Douglas Ellis, na época, aos 78 anos, dono do Aston Villa Football Club, da Inglaterra. Acho que Mr. Ellis não encontrou muitos VIPs pelo salão e resolveu conversar comigo.

– A que ramo do negócio futebolístico você se dedica? – ele me perguntou.

Bem, por este caminho, a conversa não iria render muito. Embromei um pouco, tentei esconder minha condição de penetra e acabei entrando no assunto de que Mr. Ellis mais gostava: ele mesmo. Me disse que tinha um Rolls-Royce, que percebeu o talento do jogador Roberto Carlos antes de todo mundo e que era amigo de Pelé, com quem viveu "situações constrangedoras".

– Lembro-me de uma partida na Escócia em que convidei Pelé e Beckenbauer para irem comigo. Beckenbauer foi com a esposa. Pelé, com a namorada – relatou, dando um tom irônico ao pronunciar a palavra "namorada".

– Era loura? – indaguei.

– Claro que era – disse Mr. Ellis, às gargalhadas.

Tinha também a Ana Paula Padrão, que apresentava de lá o *Jornal da Globo*. Ana Paula, quando não penteava os cabelos, posava, sem muita disposição, para as câmeras de torcedores brasileiros. Mesmo com Douglas Ellis na parada, acho que Ana Paula Padrão era a maior celebridade na sala VIP. Mas eis que chegou Fátima Bernardes, que apresentava de lá o *Jornal Nacional*. Pouca gente sabe, mas a Copa da Ásia foi também a Copa em que todo mundo, mas todo mundo mesmo, comparava as duas telejornalistas. Quem era a mais bonita? Fátima ou Ana Paula? Quem era a mais simpática? Fátima ou Ana Paula? Quem fazia as melhores matérias? Fátima ou Ana Paula? Eu cravei meu voto sempre na primeira opção. Mas ali aparecia uma nova questão: quem era a mais VIP? Não foi preciso pensar muito. Uma estrela mais brilhante roubou a festa: David Beckham.

O então astro da seleção inglesa trouxe o que faltava para animar o ambiente: um grupo de jogadores de futebol. Metade da seleção inglesa o acompanhava. Agora sim a sala VIP poderia competir com o camarote da cervejaria no Carnaval. Todos os outros VIPs bancaram tietes e resolveram fotografar o atleta. Mas Beckham sabe que é VIP e não dá mole. Fez que nem a Ana Paula Padrão. Nada de risinhos, nada de adeusinhos, nada de piscadas de olho.

Há outro ponto que faz a sala VIP da Copa do Mundo lembrar o camarote carnavalesco da cervejaria. No intervalo, a raia miúda ataca a área comum onde a bebida e os salgadinhos rolam à vontade. Beckham, porém, foi encaminhado para um curralzinho. Um curralzinho muito parecido com o que Arnold Schwarzenegger, Madonna e, bem, Susana Vieira ficam no Carnaval do Rio. Ou seja, em salas VIPs de qualquer lugar do mundo há recantos mais VIPs do que outros. É preciso escolher o lugar certo.

Quem mais estava lá? O Braguinha, o Zico... e o eterno cartola Ricardo Teixeira, é claro. Teixeira não estava sozinho. Estava com as filhas, a mulher, os genros... acho que tinha até uns vizinhos. No mundo do futebol é assim. Até vizinho de Ricardo Teixeira é VIP.

Mas a maior concentração de VIPs com que esbarrei nas minhas Copas estava no Rose Bowl, em Pasadena, durante a apresentação de Luciano Pavarotti, Plácido Domingo e José Carreras – os celebérrimos três tenores. Até Gene Kelly estava na plateia, quatro ou cinco fileiras na minha frente. Mas o momento mais emocionante aconteceu antes do show, quando a gente, já no estádio, mas na área reservada às lanchonetes, aguardava a chegada de toda a equipe. Foi o chefe de redação do *JB* na época, Dácio Malta, quem chamou minha atenção.

– Respira fundo e olha quem vem lá.

Olhei na direção que ele me indicava e vi o casal Barbara e Frank Sinatra. Os dois de braços dados. Ele se apoiando nela. Iam se aproximando do nosso grupo. Sinatra, meio alquebrado, tinha dificuldades de caminhar. Davam a impressão de vir em minha direção. O rosto de Sinatra não escondia um certo desespero. Com tapinhas em seu braço, Barbara procurava acalmá-lo. Não era impressão, eles vinham mesmo em minha direção. Quando estavam a três passos de distância, Sinatra me deu um sorriso constrangido, e Barbara tomou a palavra:

– Onde fica o banheiro?

Aí eu disse pro Frank Sinatra:

– É logo ali – enquanto apontava um banheiro químico não muito distante.

E Barbara, com toda a paciência do mundo e cuidados mais de enfermeira do que de esposa, levou Frank Sinatra ao banheiro.

COMO SAIR DE LEVERKUSEN E CHEGAR, OITO HORAS DEPOIS, A LEVERKUSEN

Já estávamos há algum tempo em Leverkusen por uma única razão: era uma cidade próxima a Bergisch Gladbach, onde estava concentrada a seleção brasileira. Nosso destino era Frankfurt, onde, três dias depois, o Brasil jogaria contra a França pelas quartas de final da Copa da Alemanha. Não sei de quem foi a ideia, mas pareceu uma boa ideia a todos: em vez de sairmos de Leverkusen na véspera da partida, anteciparíamos a viagem em 24 horas. Com isso, ganharíamos um dia a mais em Frankfurt, o que não significava nada. Mas também ganharíamos um dia a menos em Leverkusen, o que significava muito. Não que Leverkusen fosse uma cidade inteiramente desprovida de atrativos. Ela ficava, por exemplo, a vinte minutos de trem de Colônia, o que era sempre uma saída.

No dia marcado, portanto, todos acordamos cedo para fazer o check-out no hotel. Rodolfo Fernandes, o editor do *Globo* que nos chefiava naquela cobertura, marcou um encontro com toda a equipe às 10:30 no saguão do hotel. Era a hora em que sairíamos de carro para Frankfurt. O percurso demoraria pouco mais de duas horas. Fechei minha conta às nove. Verissimo já havia fechado a dele. Ancelmo Gois, que estava fazendo sua coluna diária na Alemanha, chegou logo depois. Outra colunista que procurava amenidades na Copa, Cora Rónai... bem, a Cora sempre se atrasa um pouco. Principalmente de manhã. Mas às 10:30, ela também já havia resolvido sua saída na portaria. Só quem não aparecia era o Rodolfo.

Deu 11 horas, deu 11:30... Rodolfo, enfim, deu as caras. E trouxe notícias. Carlos Alberto Parreira, o técnico do time brasileiro, iria abrir o hotel-castelo Lerbach para os colunistas do *Globo*. Poderíamos entrevistá-lo, entrevistar qualquer jogador que aparecesse, conhecer a concentração... Conhecer a concentração é o sonho de qualquer jornalista brasileiro que cubra qualquer Copa. Eu já tinha estado numa, em Los Gatos, para, com o colega Gilmar Ferreira, entrevistar Romário. Mas não valeu. Entramos escondidos, eu nem saí do carro, Romário chegou se esgueirando por entre árvores, sentou no banco da frente, e eu mal avistei a casa em que os jogadores ficavam. A ida ao hotel-castelo Lerbach só tinha um porém: Parreira não adiantou a hora em que isso aconteceria. Poderia ser a qualquer momento. Tínhamos que ficar todos a postos. Talvez fosse melhor ficarmos mais um dia mesmo em Leverkusen. Ao ver o olhar de decepção no semblante do grupo de colunistas e saber que todos já tinham oficializado sua saída do hotel, Rodolfo propôs uma votação: vamos ou ficamos? O "vamos" ganhou de goleada. E, com Rodolfo ao volante, partimos, enfim, ao meio-dia, para Frankfurt.

Quer dizer, partimos mais ou menos. Com uma hora de viagem, demos uma parada num hotel-castelo que ficava no meio do caminho – hotéis-castelos são muito comuns na Alemanha. Era ali que estava hospedado Gilberto Gil. O cantor e compositor estava comemorando seu aniversário e tinha nos convidado para almoçar com ele (imagino que ele tivesse convidado o Rodolfo, mas, *noblesse oblige*, o grupo de colunistas também seria bem-vindo).

Pode parecer estranho Gilberto Gil aparecer no meio do relato de um episódio sobre a Copa do Mundo. Mas Gil tem muito a ver com as minhas quatro Copas. Na dos Estados Unidos, por exemplo, ele fez um show sensacional ao lado de Caetano Veloso em Oakland. Na Ásia, ele não apareceu porque de bobo o Gil não tem nada. E na França ele fez uma temporada de casa lotada no Olympia de Paris. Foi também em Paris que nós ficamos quase muito próximos, como conto a seguir.

Estava entediado no hotelzinho que ocupávamos no Boulevard Montparnasse quando o telefone tocou:

– Aqui é Flora Gil.

Um telefonema da mulher de Gilberto Gil era a última coisa que eu poderia esperar naquela Copa, às vésperas da final. Passados os cumprimentos de praxe, Flora me perguntou se eu estava informado sobre o golpe que vários torcedores brasileiros tinham sofrido. Que um agente de viagens tinha vendido ingressos para vários grupos e que, na hora H, os ingressos não tinham aparecido e o agente havia fugido. Que ela, Flora, tinha comprado uma dúzia de ingressos desse agente, que tinha convencido os músicos que acompanharam Gil a fazer a turnê, prometendo ingressos para a final em Paris e que, agora, estava com cara de tacho diante deles. Que tinha conseguido algumas entradas com cambistas, mas que ainda faltavam oito.

Embora só interrompesse Flora para murmurar "arrã", "arrã", "arrã", tentei transmitir toda a minha solidariedade à saia tão justa em que ela tinha se metido e procurava evitar que, entre um "arrã" e outro, ela percebesse que o que eu realmente queria saber era "o que é que tenho a ver com isso?". Foi aí que ela proferiu uma das frases mais enigmáticas que já ouvi na vida:

– Soube que você tem uma maneira de conseguir ingressos. Será que você me arranjava oito? Ou quatro? Ou até mesmo um? Pago qualquer preço.

Nunca soube direito como surgiu o boato de que eu tinha ingressos sobrando para a Copa da França. Fiquei tão perplexo que nem pensei em esclarecer a situação com a Flora. Parece que havia um cambista hospedado no meu hotel. Não confirmei o fato. Disse para Flora que iria me esforçar para ajudá-la e desliguei. Nunca mais nos falamos. Até aquele encontro, oito anos depois, no hotel-castelo alemão no aniversário do Gil. E eu não ia estragar a festa tentando esclarecer a história. Continuei sem saber.

Ficamos três horas no almoço de Gil, pegamos o carro, voltamos à estrada e, às 17 horas, chegamos ao hotel em Frankfurt. Estava abrindo a porta do meu quarto quando ouvi o telefone tocar. Era Rodolfo.

– Parreira está nos esperando às vinte horas. Vamos voltar.

Como é que é? Voltar tudo de novo e mais um pouco? Parecia surreal. E era. Mas voltamos. Com o atraso habitual de Cora, pegamos a estrada às 18 horas e, duas horas depois, estávamos em Leverkusen, de onde tínhamos saído oito horas antes. Mais uns quarenta minutos e chegamos, um pouquinho atrasados, ao hotel-castelo Lerbach, residência temporária dos jogadores brasileiros.

Pela primeira vez na vida – aquele encontro clandestino com Romário não contou –, eu estava entrando numa concentração. A primeira pessoa que eu deveria ter visto era Roberto Carlos. Alguém da nossa equipe falou que ele estava passeando no gramado. Mas, se estava, não o reconheci. Assim, a primeira pessoa que vi, depois de todos os seguranças que perguntaram quem éramos, quantos éramos e o que queríamos, foi o... Ronaldo Fenômeno, o Ronaldão. Temi pelo pior. Afinal, Ronaldão não estava sendo o personagem favorito daquela cobertura.

Ronaldo era o assunto principal daquela Copa (Ronaldo é sempre o assunto principal das Copas de que participa). Uma bolha no pé prejudicou seus treinos. E qualquer indisposição do atleta fazia os jornalistas tremerem de medo de se repetir o comportamento da final na França. Mas o que fazia parte de todas as reportagens sobre Ronaldo naquela Copa era o fato de ele estar visivelmente acima do peso. "Ronaldo não está gordo", teve que explicar o técnico Parreira. "Está parrudo."

A explicação provocou, pelo menos, um diálogo cômico no aeroporto de Berlim. Nosso grupo estava recolhendo malas, quando se aproximou um jornalista estrangeiro, mas de origem ignorada.

– Vocês falam um pouquinho de francês? – perguntou.

Ante a negativa de todos, ele não esmoreceu e, usando francês, português, inglês, alemão e espanhol, disparou:

– Ques'que Parrerá quis dicer with the sentence Ronaldo no es fat. Il est parrudo. Was ist parrudo?

Como ninguém sabia traduzir "parrudo" para o esperanto, o jornalista estrangeiro continuou na ignorância.

Apesar de todos os motivos para se ressentir da imprensa, ali, na concentração, Ronaldo foi gentil e educado. Tentei puxar conversa.

– Bonito aqui, né? – comecei.

– É – respondeu o atacante, que estava sendo tão simpático, que comecei a vê-lo como uma sílfide. – Bonito por um dia. Passa dez dias aqui para você ver...

– Mas o que é que falta aqui, Ronaldo?

– Falta tudo!

Vi logo que a conversa não iria pra frente se a gente não mudasse de assunto.

– E o jogo com a França? Você está considerando uma revanche? – perguntou o Rodolfo. Ou teria sido o Ancelmo?

– Para a imprensa, vou ter que dizer sempre que não existe clima de revanche. Que é um jogo de Copa do Mundo como outro qualquer. Mas por dentro não dá para deixar de sentir que vai ser revanche, sim.

Seguimos em frente. Carlos Alberto Parreira, nosso anfitrião, estava ali numa mesa de varanda, tomando água mineral com... ué, não era o Gilberto Gil? O que é que o Gilberto Gil estava fazendo na concentração? Não disse que Gilberto Gil e Copa do Mundo têm tudo a ver? Gil se despediu. Parreira recebeu seus convidados. Zagallo estava por perto, mas sumiu depois da saída de Gil.

Alguns dos convidados tomaram capuccino, Parreira continuou na água, e a equipe da Conspiração Filmes – Andrucha Waddington com a câmera, Breno Silveira cuidando do som – juntou-se ao grupo para registrar a conversa. A seleção estava sendo filmada 24 horas por dia para uma produção que, de acordo com as primeiras notícias, seria lançada quatro anos depois. Na época da Copa da África do Sul. Isso nunca aconteceu.

O começo da conversa não deve ter rendido muito para o filme. Parreira contou como aproveitava suas folgas, falou de sua paixão por futebol, seu interesse por fotografias. O papo ainda não tinha engrenado quando passamos para uma sala interna.

No novo ambiente, Parreira analisou o desempenho do Brasil nos jogos contra Gana e Japão, contou como foi o início de sua carreira. Mas a conversa só pegou fogo quando o assunto foi o assédio que a seleção sofre da imprensa. Parreira não se conformava de se ter gasto tanto papel com notícias sobre a bolha de Ronaldo. E – parece que toda a seleção é assim – achava que a imprensa criticava excessivamente os jogadores brasileiros e os esquemas táticos de nosso time. O assessor de imprensa da CBF, Rodrigo Paiva, aproveitou para citar o caso de Cafu. O capitão do time se sentia perseguido e considerava que nunca tinha sido valorizado pela imprensa.

A conversa já estava em outro tópico quando o próprio Cafu surgiu de surpresa. E fez suas queixas de viva-voz. Acho que Cafu só não reclamou mais porque estava evidentemente encantado com a presença de Luis Fernando Verissimo no grupo.

– Deixa eu cumprimentar este senhor – disse ele, dirigindo-se a Verissimo.

O grupo foi se dispersando. Ancelmo juntou-se ao pessoal da Conspiração. Cora foi fazer algumas fotos para sua coluna. E, aos pouquinhos, o papo morreu. Vale acrescentar que tudo foi acompanhado de um vinho cujo nome tenho a mesma incapacidade de pronunciar quanto Bergisch Gladbach e uma série de canapés que pareciam saídos da cozinha de Cher no filme *Minha mãe é uma sereia*. Não sei se vocês se lembram do filme, mas posso garantir que, assim como teria acontecido se tivesse comido os canapés de Cher, não fui capaz de identificar nenhum dos elementos que compunham as minúsculas esculturas alimentícias. Dizem que a cozinha do castelo é a terceira cozinha da Alemanha. Espero nunca passar pela experiência de entrar em contato com a quarta.

Lá pelas 11 da noite, voltamos à estrada para, enfim, entre uma e duas da madrugada, chegarmos a Frankfurt de verdade e entender, finalmente, o que os Beatles queriam dizer quando falavam em "a hard day's night".

ONDE OS BRASILEIROS SÃO BENHAVINDOS

A Copa do Mundo me levou a Los Angeles, Seul e Berlim. Mas tudo tem uma contrapartida. Como compensação, tive que conhecer Los Gatos, Ulsan e Sulzbach. Essa é uma das ciladas na cobertura das Copas. Você pensa que vai para Tóquio, mas acaba em Yokohama. O chefe te diz que a Copa é em Paris, e você se vê confinado em Lesigny. Foi assim que conheci Los Gatos. Todo mundo me dizia que o começo da Copa dos Estados Unidos seria em San Francisco. Ledo engano. Os jogos do Brasil, na verdade, eram em Stanford; e a Villa Felice, local da concentração da seleção brasileira, ficava na singela Los Gatos. Como jornalistas brasileiros – torcedores acidentais incluídos – têm que ir aonde a seleção está, passei uma temporada em Los Gatos.

No coração da região que, na Califórnia, é conhecida como Vale do Silício (se bem que, pelo aspecto físico de seus moradores do sexo feminino, Vale do Silicone seria um nome mais adequado), Los Gatos, na época, tinha pouco mais de vinte mil habitantes. Mas eles quase nunca eram vistos na rua. Los Gatos é uma espécie de cidade-dormitório. Seus habitantes trabalham em San Jose, a cidade próxima mais desenvolvida, ou em San Francisco, a mais ou menos uma hora de distância. Mansões espalhadas no entorno de sua rua principal – a avenida Santa Cruz – comprovavam a fama que ela possuía de ser a terceira renda per capita do país. Mas esse entorno era afastado. Sobrava para a cidade propriamente dita apenas a rua principal. Resumindo: Los Gatos era uma rua. Na avenida Santa Cruz ficavam o único hotel, o museu, alguns restaurantes de primeira classe, a high school (onde estudou Olivia de Havilland), o cinema e o comércio mais exótico e variado com que já me deparei.

Em qualquer momento de folga que aparecia, os poucos brasileiros que escolheram Los Gatos para trabalhar na Copa alugavam um carro e davam um pulinho em San Jose ou San Francisco. Menos eu. Ainda não contei, mas entre as minhas características peculiares está a de nunca ter sabido dirigir. Portanto, com folga ou sem folga, sobrava para mim subir e descer, indefinidamente, a avenida Santa Cruz. O cinema poderia ter sido uma opção. Era uma sala bonita, pequena, com arquitetura art déco, um dos poucos cinemas de rua que ainda resistiam na área. O problema é que, na tentativa de agradar aos brasileiros que supostamente tomariam conta da cidade, o único filme programado durante todo o período em que nossa seleção esteve na Villa Felice foi *Dona Flor e seus dois maridos*. Quantas vezes um ser humano é capaz de assistir *a Dona Flor e seus dois maridos*?

Além de programar o filme de Bruno Barreto para todo o sempre, Los Gatos fez de tudo para conquistar os torcedores brasileiros. Logo na entrada da cidade, por exemplo, havia uma faixa saudando a nossa chegada: "Bôa sorte, amigos brasileros. Benhavindos." Ninguém teve coragem de contar ao prefeito que aquilo não estava escrito em português. Mas não foi muita gente que viu a faixa esquisita da prefeitura. A torcida brasileira nunca chegou à cidade, o que causou uma grande decepção no comércio local.

Os poucos torcedores que se aventuraram a conhecer Los Gatos não encontraram muito o que fazer. Havia um bar, requisito indispensável para torcedor brasileiro se divertir. Mas, embora tivesse até mesinhas na varanda, o C. B. Hanegan's dormia cedo, o que era um defeito fatal para o gosto latino. Às dez horas da noite, já não se podia pedir nem mais uma cerveja. Isso nos fins de semana, porque, nos dias úteis, o circunspecto C. B. Hanegan's fechava as portas às nove horas. E, na segunda-feira, nem abria.

A invasão de brasileiros era também a esperança que a carioca Ana Paula tinha de ver sua loja sair do buraco. Casada com um especialista em fibra ótica desempregado, Ana Paula achou que seria um grande negócio abrir na avenida Santa Cruz uma loja de biquínis brasileiros. Não deu certo. Quando viam o tamanho dos biquínis da Ana Paula, as freguesas americanas achavam que eram para crianças. E desistiam. Ana Paula imaginou que as brasileiras de passagem pela Copa esvaziariam seu estoque. Mas alguém consegue imaginar uma turista brasileira comprando biquínis numa cidade-dormitório da Califórnia? Pois é. O pessoal entrava na loja, tomava um cafezinho, ouvia um forró de Elba Ramalho e ia embora sem abrir a bolsa.

A loja de biquínis que não vendia um só produto era apenas um exemplo da diversidade do comércio local. Los Gatos, uma cidade onde o programa mais animado era comer uma panqueca depois da missa de domingo, tinha também, por exemplo, uma loja de cartões pornográficos. Nunca vi um só freguês por lá. Nem por isso Marylee, sua proprietária, desanimava. Além de tentar emplacar cartões pornográficos na careta população local, Marylee organizava todos os anos um festival de vinhos. O único senão é que a prefeitura não dava licença para Marylee vender bebida alcoólica. É isso mesmo: Los Gatos tinha um festival anual de vinhos em que não se bebia e nem se comprava uma só gota de álcool.

A prefeitura bem que se esforçou para transformar Los Gatos no principal centro de atração da brasileirada. Além da faixa de boas-vindas, suspendeu, durante o período da Copa, a proibição de se consumir bebida alcoólica nas ruas. Como na maioria das cidades americanas, em Los Gatos só se pode beber no próprio estabelecimento em que a bebida é vendida (ou em casa, é claro). Aquela imagem de um grupinho encostado num carro estacionado tomando cerveja no gargalo não existe no imaginário americano. Pois até isso o prefeito liberou na tentativa de atrair os turistas. Não deu certo. O último golpe do prefeito foi contratar o Olodum para fazer um show de graça e ao ar livre na pracinha da cidade. Foi, certamente, o maior fracasso de público na trajetória do grupo baiano. Era domingo. E domingo é dia de morador de Los Gatos ir ao shopping. Em San Jose. Ou em San Francisco.

De vez em quando, um carro com brasileiros subia a avenida Santa Cruz. O gerente do cinema se animava, o dono do C. B. Hanegan's tirava a poeira das mesas, Ana Paula iluminava sua vitrine de biquínis, Marylee dava pinta com alguns cartões pornográficos na mão. Mas, geralmente, o carro contornava a praça, chegava à pista de descida da avenida Santa Cruz e saía da cidade. Em cinco minutos, o torcedor brasileiro via tudo que tinha para ser visto em Los Gatos.

Sem interesse em biquínis ou cartões pornográficos, sem vontade de assistir mais uma vez a *Dona Flor e seus dois maridos*, propenso à depressão entre as mesas vazias do C. B. Hanegan's, encontrei meu comércio ideal numa loja de discos. A Copa foi em 1994, um ano distante em que ainda havia lojas de discos. A de Los Gatos não era uma megastore, mas também não era uma lojinha. Tinha um estoque variado, que misturava muita coisa antiga com a parada pop mais recente. Percebi que ali poderia matar, todos os dias, um pouquinho do meu tédio. Um dia pesquisaria a prateleira de jazz; no outro, a de rock; no terceiro, a de *oldies*... Nem precisava comprar nada. Havia discos suficientes para um mês de pesquisas. Para não parecer pão-duro, poderia até comprar um CD a cada dois ou três dias. O importante era não comprar todos de uma vez, se não a loja perderia a função principal de ocupar meu tempo. No primeiro dia, comprei um disco antigo de Diana Ross e deixei para pesquisar mais velharias no dia seguinte. Na hora de pagar, o caixa tentou me convencer a aderir a uma promoção local.

– O senhor não quer ser sócio do clube dos amigos da loja?

– Como assim?

– Sendo sócio, a cada dez CDs que comprar, o senhor ganha um de graça.

Não era um mau negócio. Depois de um mês em Los Gatos, era bem capaz de eu comprar dez CDs.

– Mas eu não moro aqui.

– Não tem problema. A promoção vale para qualquer freguês. Até estrangeiros. O senhor paga cinco dólares, ganha a carteirinha de sócio e, na próxima compra, a promoção já está valendo.

Ah... então tinha que pagar? O meu 11º CD de graça sairia por cinco dólares. Ainda era um bom negócio. Sucumbi e saí da loja com Diana Ross cantando *Stop in the name of love* no meu discman (naquele tempo, usava-se discman) e uma carteirinha de sócio do clube dos amigos da loja.

No dia seguinte, voltei à loja para a minha primeira pesquisa. Surpresa: ela não existia mais. Em 24 horas, sumiram todos os discos, todas as prateleiras, todos os vendedores e, principalmente, todos os sócios do clube dos amigos da loja. O único programa que me atraía em Los Gatos não resistiu a uma segunda investida. Às vezes, quando olho para a minha encardida carteirinha de sócio do clube dos amigos da loja, penso que alguém montou todo aquele cenário só para me aplicar o golpe. Como se eu fosse uma vítima dos agentes de *Missão impossível*.

Soube que Los Gatos entrou no século XXI com quase trinta mil habitantes. O cinema, como todo cinema de rua, não existe mais. A loja de biquínis brasileiros fechou antes de o Brasil se tornar tetracampeão do mundo. E Marylee... bem, a última vez em que eu vi Marylee, ela vestia um shortinho verde, uma camiseta amarela, segurava uma lata de cerveja e rebolava na pracinha da cidade entre os poucos espectadores do show do Olodum. Não duvido nada de que, atualmente, Marylee esteja morando na Bahia.

HONESTIDADE, DECORO E GROSSERIA EM ULSAN

Los Gatos foi a cidade mais estranha que conheci até o jornal me mandar para Ulsan. É difícil definir Ulsan. Na Coreia, a etiqueta do dia a dia é baseada nos ensinamentos de Confúcio. E foi Confúcio quem disse que "a honestidade, sem as regras do decoro, transforma-se em grosseria". Como ser honesto sobre Ulsan sem ser grosseiro? Com decoro. Então, tentarei definir Ulsan com decoro.

Digamos que Ulsan não é propriamente uma cidade turística. No mapa distribuído pelas agências de turismo locais estão os principais pontos de atração da cidade. Vamos a eles: Cooperativa Agrícola de Bangojin, Sede do Escritório de Negócios Ultramarinos, Terminal de Contêineres de Ulsan, Complexo Industrial Hyomun... A cidade orgulha-se de ser a capital industrial do país. Na capital de verdade, Seul, a Copa do Mundo era uma festa. Em Ulsan, Copa era uma oportunidade de se fazer negócios. Os jornais não falavam de Zidane, Maradona ou Denilson. Notícia lá era a Hyundai ter convidado mil e duzentos executivos estrangeiros, entre clientes e vendedores da fábrica, para assistir aos jogos da Copa no estádio local, que, por pressões da empresa, abrigaria as partidas entre Brasil e Turquia e Uruguai e Dinamarca. Por causa desse joguinho contra os turcos, a seleção brasileira foi parar lá. E eu fui atrás. Louco para conhecer a Cooperativa Agrícola de Bangojin.

Na hora de batizar seus prédios, Ulsan não é muito criativa. A seleção ficou hospedada no Hotel Hyundai, que se localizava em frente à loja de departamentos Hyundai e a duas quadras do Centro Cultural Hyundai. Não muito longe dali, estavam a sede das Indústrias Pesadas Hyundai, a Hyundai Motors e o Edifício Residencial Hyundai. Nunca entendi por que a cidade insistia em manter o nome de Ulsan.

Nossa temporada na cidade coincidiu com um período pré-eleitoral. No mesmo mês, haveria eleições municipais. Não havia nada na TV que indicasse isso. Nem nos outdoors. A campanha era toda feita nas ruas, em pequenos caminhões que carregavam, ao vivo, os candidatos a cargos equivalentes a nossos prefeitos e vereadores. Eles faziam saudações ao povo. Era impossível não se lembrar de Odorico Paraguaçu. Ulsan é uma espécie de Sucupira. Com uma praia menos bonita.

Não dá para comparar o comércio de Ulsan com o de Los Gatos, por exemplo. As vitrines das lojas da cidade coreana são todas cobertas por dizeres... em coreano. Imagino que eles anunciem promoções, liquidações, descontos. Mas, em coreano, só servem para esconder o que está à venda na loja. Quando não é assim, a vitrine é de vidro fosco, o que não permite que o turista descubra qual é o negócio que se faz lá dentro. Mas, mesmo que o turista arrisque e entre na loja, a dúvida continua. Pelo que se vê, não dá para perceber se é um açougue ou uma loja de móveis.

Perto do hotel, olhando entre uma e outra palavra coreana na vitrine, descobri uma loja de discos. Entrei. Como se vê, lojas de disco são minha principal diversão no exterior. Era uma loja pequena, apertada e sem ar-condicionado. A porta ficava fechada, o que aumentava o calor. Percebi que não me demoraria lá, mas a vendedora era simpática.

– Hello – ela me disse.

Um coreano capaz de dizer "hello" com desenvoltura é praticamente dono de um inglês sofisticadíssimo. Resolvi ficar um pouquinho

– Hello – rebati.

Antes que pudesse me surpreender com o que continham as prateleiras, a vendedora continuou o papo:

– Coffee?

A loja era dividida em CDs e... fitas-cassete. Isso mesmo, fita-cassete ainda existia na Coreia. Eu não via uma fita-cassete desde o século anterior. E já havia experimentado o café coreano. Resolvi declinar.

– No, thanks.

Foi a deixa para a moça dar mais uma demonstração de o quanto Ulsan tem intimidade com o idioma inglês e começar a preparar o café. Deixei para lá. Estava fascinado com aquela quantidade imensa de fitas-cassete.

– Sugar?

– No, thanks.

É claro que ela me presenteou com três colheres cheias de açúcar mascavo.

E lá fiquei eu. Suando numa loja apertadinha, sem ar-condicionado, cercado por fitas-cassete, bebendo um copo de água escura fumegante adoçada por quantidades generosas de açúcar mascavo. Isso é Ulsan.

A limpeza da cidade é quase inacreditável. Não há uma calçada que não tenha um jardinzinho, muito bem cuidado. Azaleias-anãs espalham-se pelas ruas e são regadas duas vezes por dia. E não se vê no chão um só pedaço de papel amassado e nem mesmo uma guimba de cigarro. Por sinal, quem visse uma guimba de cigarro numa calçada de Ulsan podia estar certo de que um brasileiro tinha jogado. Brasileiro tem alergia à lata de lixo.

O que Ulsan tem de mais cosmopolita são os táxis. Eles são muitos, como em Nova York. São amarelinhos, como em Nova York. E seus motoristas falam um inglês péssimo, como em Nova York. Há todo um código próprio da cidade para se pegar um táxi. O passageiro não deve se intimidar, por exemplo, quando perceber que o carro está ocupado. Deve fazer sinal assim mesmo. O motorista vai parar e perguntar para onde você vai. Se ele entender, e se for no caminho do passageiro que já ocupava o carro, ele o leva também. Uma lotada, sabe? A peculiaridade fez com que, às vezes, eu me visse dentro de um carro com quatro desconhecidos – sem contar o motorista – indo sabe Deus para onde. O incrível é que sempre dava certo.

Desencantado com o Complexo Industrial Hyomun, desinteressado nas eleições municipais, sem a menor intenção de comprar fitas-cassete e cansado de pegar táxis para lugar nenhum, passei a dedicar as horas de ócio a apreciar a moda das mulheres de Ulsan. A atividade me reservou surpresas todos os dias. Descobri, por exemplo, que luvas ainda fazem parte do guarda-roupa básico das mulheres modernas da cidade. São brancas (as luvas, não as mulheres). Às vezes, têm uma rendinha na altura do pulso. Mas quase sempre são de pano comum por inteiras. Cobrem as mãos das guardas de trânsito, das motoristas de táxi e, principalmente, das moças que, de manhã, fazem suas caminhadas no calçadão da praia de Ilsan, a orla mais frequentada da cidade.

Outro item que não pode faltar para completar o figurino elegante da ulsaniana são as sombrinhas. Mulher de Ulsan não sai à rua sem uma sombrinha para proteger a cabeça. São sempre sombrinhas coloridíssimas. Por exemplo, cor-de-rosa com estamparia de florezinhas vermelhas. Ou azuis, com estamparia de bichinhos verdes. Ou ainda amarelas, com estamparia de peixinhos cor de abacate. Um mimo! A mulher de Ulsan não sai de casa sem luvas e sem sombrinha.

Há também o chapéu. Nesse item, a diversidade é maior. Ele pode ser do tipo usado por Woody Allen – a ulsaniana está sempre em dia com o último grito de Hollywood –, aquele de abas moles que o cineasta veste em seus passeios pelas ruas de Manhattan. Ou então de palha, com abas longas, daquele tipo que o cinema nos ensinou que é usado pelos agricultores do Vietnã. Já dá para imaginar o guarda-roupa da mulher de Ulsan? Pois é: sombrinha, luvas e chapéu.

Um quarto detalhe, porém, é mais misterioso e fundamental: o pano. Ou o lenço. Ou a toalhinha. Tanto faz. O importante é que ele fique enrolado na cabeça, tapando a boca e as bochechas. Uma espécie de burca pós-moderna. E para que fique bem colocado, ele é preso com um pregador de varal na altura do nariz! Para que serve esse pano? Não sei. E não adianta reclamar do fato de eu não ter perguntado. Ulsan é o paraíso de Antonioni, o reino da incomunicabilidade. Por alguma estranha razão, o morador da cidade acredita que o coreano é uma linguagem universal, uma espécie de esperanto do século XXI. E, como é impossível aprender coreano em menos de dez anos, não tive tempo de me familiarizar com a língua. E não perguntei para que servia o paninho. Concluí que a ulsaniana detesta sol. Protege-se dos raios infravermelhos. Imagino que, em Ulsan, os índices de câncer na pele aproximam-se dos índices de analfabetismo: zero.

O traje típico de sombrinha, chapéu, luvas e pano preso no rosto com pregador é o equivalente ao pretinho básico ocidental de mulheres que, digamos, já passaram dos trinta. As jovens são mais ousadas e destacam-se pela criatividade na escolha do sapato. O sapato feminino em Ulsan é um espanto. Vou tentar explicar: se a moça calça 39, o sapato que ela usa é tamanho 44. Se calça 38, compra um 43. Pé 37? Sapato 42. Pezinho 32? Sapato 37. Deu pra entender? Nem por isso o calçado fica sambando no pé. Tudo que sobra é jogado para a parte da frente do sapato. Bico fino, sabe? E meio voltado para o céu. Algo assim como o sapato do... Bozo! E as cores? Têm que combinar com a sombrinha: verde-limão, azul-piscina, vermelho-sangue com listras pink, bordeaux ou amarelo-ovo.

Parei de considerar exótico tudo que via nas ruas de Ulsan, depois de ter vivenciado, na cidade, uma experiência muito particular. Daquelas que nos demonstram que estranhos são sempre os outros. E, muitas vezes, os outros somos nós mesmos. Foi logo depois do jogo em que ganhamos da Turquia por 2 X 1. Fora do estádio, aguardava sozinho o resto da equipe terminar suas tarefas. Admirava a paisagem de Ulsan sentado num banquinho, cercado por um canteiro de flores. Na Coreia, é assim: você se descuida e fica cercado por um canteiro de flores. Uma família se aproximou. Quatro pessoas: o pai e a mãe, lá pelos seus trinta anos, a sogra de um deles e o bebê, de um ano e pouco. Achei que eles iam simplesmente passar por mim. Mas parecia que me olhavam. E falavam alguma coisa. Rindo. Sem parar. Cada vez mais perto. Aquilo só podia ser comigo. A mãe pegou a criança pela mão, chegou mais perto. O pai e a sogra se afastaram. Mas o que era aquilo? A mãe botou o filho no meu colo! Será que pretendiam fugir e me deixar com aquela responsabilidade? Logo eu, que já tinha quatro cachorros? O pai, de longe, preparou-se para tirar uma fotografia. A criança não gostou do meu colo e ameaçou sair. Ah, não. Se aquele pirralho estragasse a foto, era bem capaz de a família começar tudo de novo. Tinha que ser naquela hora ou nunca. Agarrei a criança pelas fraldas, encarei o pai e disse "cheess". Um flash desfez a cena. A família retomou a criança e se retirou às gargalhadas.

Se não sou o tipo ocidental mais exótico que já pisou em Ulsan, minha imagem deve estar ilustrando um site pornô coreano especializado em pedofilia.

Deixamos Ulsan sem saudades. E desconfio que Ulsan também ficou aliviada por se livrar da gente. Pelo menos, a despedida da seleção do Hotel Hyundai, onde o time brasileiro passou 18 dias, foi sem choro, nem vela. Para não dizer que não houve comoção alguma, vale citar a presença de três ou quatro garotas oriundas da ex-União Soviética que deixavam escapar uma furtiva lágrima ao verem pela última vez Rivaldo, Ronaldinho Gaúcho, Ronaldo Fenômeno, Roberto Carlos e todos os Rs que compunham a seleção do Brasil na época. Elas foram gratas à passagem dos rapazes pela cidade. Trabalhadoras da noite em torno do hotel, sabiam que o movimento de clientes tinha aumentado desde a chegada dos brasileiros. Ninguém mais foi chorar a partida do escrete canarinho.

    O voo que nos tirou de Ulsan foi desesperador. O bravo piloto da Korean Air enfrentou uma tempestade que, durante quarenta minutos, fez o avião ir para baixo, para cima, para o lado direito, para o lado esquerdo, mas pouquíssimas vezes para a frente. Uma aeromoça gemia enquanto tentava manter os passageiros sentados. Em dado momento, desistiu de tudo e saiu gritando "Socorro" pelo corredor. Uma aeromoça gritando socorro? A situação estava ruim mesmo. "Não quero morrer na Coreia", suspirou, em bom português, o passageiro da poltrona na minha frente. "Nem eu", respondeu o avião em coro. Comecei a rezar. Não estava com medo de o avião cair. Meu receio era de a tempestade impedir que a gente pousasse em Seul e o piloto resolvesse voltar para Ulsan. Felizmente, meus temores não se concretizaram. Chegamos sãos e salvos em Seul.

PERDA DE IDENTIDADE EM SULZBACH

Los Gatos e Ulsan foram as cidades mais estranhas que conheci até o jornal me mandar para Sulzbach. Nunca entendi direito por que fomos parar lá. A cidade não tem estádios de futebol. Uma das sedes da Copa da Alemanha era Frankfurt, que ficava a vinte minutos de distância de trem. Também não era o local da concentração. A seleção estava concentrada em Königstein, cidade serrana que ficava a vinte minutos de distância de carro. Mas, enfim, estávamos em Sulzbach e tínhamos que aproveitar. A questão era: aproveitar o quê?

Foi em Sulzbach que eu descobri a existência da febre do feno. E descobri da pior maneira possível: contraindo-a. Não que eu nunca tivesse ouvido falar em tal reação alérgica. Ela aparece muito, por exemplo, nos romances de Agatha Christie. Talvez por isso eu pensasse que era uma doença típica do interior da Inglaterra. Eu deveria ter desconfiado que algo estranho acontecia por ali pelos índices da meteorologia publicados no jornal. Na Alemanha, além da previsão do tempo e do registro das temperaturas máxima e mínima do dia, os jornais também divulgam a quantas anda o voo do pólen. Um exemplo? É na previsão meteorológica que o leitor descobre que, em determinado dia, em Sulzbach, o pólen da grama está de forte a moderado, mas o pólen do centeio está fraco. Pelo menos duas vezes por ano, os alemães convivem com essas informações estranhíssimas. Em fevereiro, o ar do país é tomado por polens que se desprendem do álamo; e em junho, da grama (e do centeio, como aprendi consultando a meteorologia). Chegamos em Sulzbach exatamente em junho. Para quem pensava que álamo fosse apenas um título de filme com John Wayne, a grama da cidade me apresentou uma novidade e tanto.

De início, achei os polens até bonitinhos. São como flocos de neve balançando no ar. Mas logo vi que eles eram fatais para alérgicos. São os responsáveis pela tal febre do feno, que, embora não cause febre, provoca espirros, entope o nariz, faz os olhos lacrimejarem, a garganta coçar... tudo ao mesmo tempo. Coisa de louco. Após a primeira crise, os polens deixam de ser bonitinhos e se tornam uma ameaça. Você só quer saber de janelas hermeticamente fechadas – polens têm o mau hábito de invadir quartos de hotel –, óculos escuros, pastilhas de hortelã. Sulzbach será sempre lembrada como a cidade em que eu tive a primeira febre do feno da minha vida.

Mas a má impressão que tive da cidade não teve a ver só com a agressividade dos polens. A localização do hotel em que ficamos hospedados também teve sua cota de participação. Tenho o hábito de, quando chego a qualquer hotel do mundo, dar uma volta no quarteirão. É minha maneira de travar contato com a cidade. Em Sulzbach não foi possível. Não havia quarteirão, não havia calçadas em torno do hotel. Em frente, ficava uma autopista de alta velocidade. Um passo em falso e o hóspede corria o risco de ser atropelado. Do lado esquerdo, vicejava uma quase inacreditável plantação de morangos (e eu que sempre pensei que morangos nasciam em caixas, protegidos por barracas de feira livre). Era época de morangos na Alemanha. E de aspargos também. Adivinha, então, o que tinha no lado direito do hotel: uma quase inacreditável plantação de aspargos. Nos fundos... Bem, nunca soube o que havia nos fundos. Para chegar lá, era preciso sair pela frente e dar a volta. Mas, como pela frente a gente corria o risco de ser atropelado, nunca me arrisquei. Arriscaria dizer que, nos fundos, vendiam-se morangos e aspargos. Resumindo: Sulzbach para mim era uma plantação de morangos, uma plantação de aspargos e um hotel. Como se vê, não havia muito o que fazer.

Não que o hotel fosse desprovido de interesses. Seu restaurante, por exemplo, tinha uma ótima sopa de aspargos e um delicioso sorvete de morango. Se a gente ficasse de bobeira no lobby, de manhã cedinho, tinha sempre a chance de esbarrar num grupo de aeromoças de uma companhia aérea de Dubai.

Isso significava começar o dia dando de cara com uma dúzia de moças fantasiadas de Jeannie é um Gênio. Se as aeromoças não aparecessem, havia a garantia de se trocar uma ideia com João Ubaldo Ribeiro. Cronista do *Estadão*, cuja equipe também foi confinada em Sulzbach, João Ubaldo era madrugador e, depois do café da manhã, se oferecia para uma prosa no lobby até a hora do almoço. Não é em qualquer lugar do mundo que se tem a oportunidade de saborear, ao vivo, uma prosa de João Ubaldo Ribeiro. Quando não tinha João Ubaldo, tinha Tostão, embora o craque fosse presença mais rara. Tostão cumpria à risca a tarefa a que se propôs para escrever a coluna que mantém na *Folha de S. Paulo*: assistia a três jogos de futebol por dia. Não sobrava muito tempo mesmo para bater papo no lobby.

A gente já está tão acostumado a encontrar Tostão nas Copas do Mundo que cruza com ele a toda hora sem se dar conta de que se está diante de um mito do futebol. Mas os jornalistas estrangeiros, quando descobrem que aquele sujeito bonachão e simpático é o Tostão da seleção de 70, ficam babando. Tostão bate recordes de entrevistas para a imprensa europeia. Mas ele não sobe no salto da chuteira. Na Alemanha, a Fifa promoveu, em Munique, um emocionante encontro de jogadores campeões do mundo. Estavam lá Dunga, Bellini, Djalma Santos... Tostão, o artífice da campanha vitoriosa do Brasil na Copa de 70, não apareceu. No lobby do hotel em Sulzbach, ele explicou por quê:

– Ah, tinha que chegar dois dias antes, tinha até que ensaiar... E eu tenho as minhas obrigações com o jornal.

Mais desanimada que Sulzbach, só Sulzbach num feriado. Na Alemanha, há mais ou menos um feriado por mês. Digo mais ou menos porque nem todos os feriados são nacionais. Na Baviera, por exemplo, região de maioria católica, não se comemora a Festa da Reforma, celebrada no resto do país no dia 31 de outubro. Em Hessen, onde fica Sulzbach, é feriado no Dia de Pentecostes, a celebração do nascimento da Igreja Católica, que acontece no quinquagésimo dia depois da Páscoa. Passei um Pentecostes em Sulzbach.

Feriado na Alemanha é coisa séria. Não sai nem jornal. Fechou até o shopping local. A ida ao shopping era uma aventura e tanto. Para começar, era preciso atravessar a autopista assassina. Depois, uma caminhada de 15 minutos, atravessando campos de morango e aspargos e, na medida do possível, desviando-se dos polens. Descia-se uma ribanceira, atravessava-se um túnel e, enfim, chegava-se ao shopping. Com o shopping fechado, fechava também a praça de alimentação, o que significava interromper as minhas idas diárias ao Starbucks Café. Sei que pode parecer ridículo cultuar um Starbucks durante temporada na Alemanha. Mas, acredite, o Starbucks era o momento mais excitante de meu dia. Falava alemão com a caixa, tirava dinheiro da carteira, pegava o troco, punha açúcar no café... um agito só. Mas, no Dia de Pentecostes, até isso me foi negado.

Feriado ou não, o melhor programa de Sulzbach era ir até Königstein. De todas as cidades que conheci nas minhas quatro Copas, nenhuma se preparou tanto para receber a seleção brasileira e sua torcida quanto Königstein. Chegava a ser comovente. Cardápios em português, ruas enfeitadas com bandeirinhas do Brasil e da Alemanha, autobiografia de Pelé com destaque na vitrine da livraria, shows brasileiros programados para a praça local... O clima era de quermesse e aquecia as almas longe de casa.

Na minha primeira visita à cidade, passava em frente a um restaurante, quando o grego Dimitri me abordou:

– Brasiliano? Brasiliano?

Diante da confirmação, esta espécie de Nikos, o personagem de Tony Ramos na novela *Belíssima*, perdido em Königstein, mostrou toda a sua apreensão:

– Você acha que os brasileiros vêm para cá? Você acha que eles terão tempo para almoçar? Você acha...

Fiquei imaginando por que cargas d'água um turista brasileiro – ou croata ou australiano – optaria por comida grega durante temporada alemã, mas preferi não decepcionar o comerciante que preparou até uns panfletos em português para atrair sua possível nova clientela:

"Restaurante Hermes e Königstein dá boas-vindas e deseya boa sorte para o futebol."

– Ô, Dimitri, algumas palavras não estão certas. A concordância verbal também está precária...
– Você entendeu?
– Entendi.
– Então está tudo certo.

O Nikos da novela não diria melhor. A rápida conversa rendeu, para meu proveito, um copo de ouzo, e, para meu desconforto, um monte de panfletos do Hermes para serem distribuídos entre jornalistas brasileiros. Bebi o ouzo, mas os panfletos – espero que Dimitri nunca leia isso – ficaram na lixeira do quarteirão seguinte.

Olhando hoje, em perspectiva, minha temporada em Sulzbach, percebo que o tédio e os polens em excesso não foram o principal motivo para que eu rejeitasse a cidade. Na verdade, foi em Sulzbach que eu descobri que um brasileiro chamado Artur Xexéo jamais teria seu nome pronunciado corretamente na Alemanha. Foi em Sulzbach que eu me dei conta de que teria que me apresentar de forma que os alemães me entendessem. Foi em Sulzbach que eu comecei a dizer "mein name ist Artur Ziziu". Foi em Sulzbach, enfim, que eu perdi minha identidade.

A BICICLETA DO VIOLA

Uma Copa do Mundo só começa a gerar notícias de verdade a partir do momento em que o jogo de abertura se realiza. Aí, sim, o jornal, todo dia, pode dizer quem ganhou, quem perdeu, que time está mal, que técnico está errando em sua tática, que jogador está machucado, que craque está fora de forma... Aí, sim, os cadernos inteiramente dedicados à cobertura da Copa se justificam. O problema é que a seleção brasileira costuma chegar no país-sede trinta ou quarenta dias antes de a disputa ser iniciada. E a imprensa também. O grande desafio de um jornalista nesse período que antecede o começo da Copa é produzir notícias. Como encher dezenas de páginas de jornal, todos os dias, sobre um campeonato que, na verdade, nem começou?

Por isso, o repórter de esportes cria, nessa etapa pré-Copa, algumas obsessões que não fariam sentido algum em outros momentos. Como a grama, por exemplo. No estádio onde a seleção vai estrear ou no campinho da faculdade onde ela vai treinar, só interessa o estado do gramado. Será que o gramado está em condições de receber um time de elite como a seleção do Brasil? Será que a grama é bem cuidada? Será que há falhas no gramado? Será que a grama resiste a uma tarde de chuva? Isso é uma pauta jornalística típica no período pré-Copa. Rende manchetes, rende fotos, enfim, ocupa espaço antes de as notícias realmente começarem a aparecer. A grama é a principal notícia do período pré-Copa.

Um bom repórter esportivo disputa com os colegas o privilégio de ser o primeiro a ver a grama que aguarda a seleção brasileira. É o único furo jornalístico que se espera antes de a Copa começar. Sem querer, eu já estive diante da possibilidade de fazer uma matéria sobre a grama. Se o período pré-Copa é ruim para jornalistas esportivos, imagine o que ele significa para cronistas de amenidades. Ninguém tem assunto para colunas diárias assinadas por torcedores acidentais. Nem a grama interessa. É por isso que se escreve tanto sobre os hotéis em que estamos hospedados ou sobre as condições climáticas das cidades que nos abrigam. Às vezes, a situação fica patética, como aconteceu em Sulzbach, na Alemanha, onde os colunistas pareciam querer entrar para o *Livro Guinness de Recordes* como aquele que mais escreveu sobre plantações de morango em toda a história da imprensa mundial.

Na Copa americana, para não cair numa dessas ciladas, fui sozinho dar uma volta em Stanford para ver se encontrava assunto. Minha ideia era testemunhar como a cidade se preparava para receber o primeiro jogo do Brasil. Não rendeu muito. Na verdade, a cidade ignorava o fato de os jogos da Copa estarem programados para acontecer ali. Em compensação, encontrei o estádio local de portas abertas. Em outras palavras, eu poderia ver como estava a grama de Stanford.

Era a minha chance de provar a meus colegas que eu também tinha a capacidade de produzir um texto relevante. Há uma certa tensão entre jornalistas esportivos e cronistas do supérfluo numa Copa. Os primeiros fazem críticas às táticas de jogo, comentam a forma física de Ronaldo Fenômeno e, claro, analisam a grama. Nós relatamos o conforto dos estádios, o comportamento da torcida organizada, os exotismos de cada cidade. Como se vê, perdemos de goleada no quesito relevância. Mas ali, em Stanford, eu seria o primeiro jornalista brasileiro a conhecer o gramado do estádio onde o Brasil estrearia na Copa. Ia ser um calaboca e tanto em meus colegas relevantes.

Sem nenhum segurança para me impedir, entrei no estádio e... lá estava o gramado. O que eu podia dizer? A primeira constatação foi a de que a grama era verde. Bem, logo vi que não estava exatamente diante de um furo jornalístico. Havia alguns operários trabalhando no estádio. Eles carregavam uma série de rolos de grama que eram jogados sobre o campo. Depois, passavam com um trator por cima daqueles retângulos gramados. A grama ficava grudadinha no campo, e não havia desnível algum entre um retângulo e outro. Será que esse tipo de observação renderia mesmo uma reportagem? Resolvi buscar uma avaliação técnica. Encostei num operário e fiz a pergunta cabível naquela situação:

– A grama está boa?

O sujeito era mexicano e deu uma resposta adequada a um jornalista que demonstrava não entender do negócio:

– Não sei. Ainda não provei.

Voltei para o hotel envergonhado, sem contar para ninguém que tinha conhecido a grama de Stanford. No dia seguinte, fui furado por um colega mais experiente.

Mas, por mais maneiras que um jornalista veterano encontre para descrever uma grama, tem uma hora que esse assunto também acaba. E a Copa continua sem começar. O repórter, então, se vira com atrações que a própria seleção oferece. A primeira delas é o treino. Na verdade, são dois treinos por dia: o treino tático pela manhã e o treino coletivo à tarde. De dois em dois dias, essa rotina é quebrada com uma entrevista coletiva do treinador da ocasião. Os treinos são concorridos. Toda a imprensa brasileira – incluindo-se aí os profissionais da Rádio Alvorada de Sapucaia do Alto e os do hebdomadário *A Trombeta de Santa Cruz da Serra* – e muita imprensa estrangeira se reúne à cata de notícias. Não é raro encontrar uma centena de repórteres acompanhando o desempenho do escrete canarinho empregando uma centena de idiomas diferentes. Eu disse acompanhando? Não é bem assim. Um torcedor acidental que desembarcar numa atividade dessas terá dificuldades em entender o que se passa. A imagem é a de um grupo de atletas brincando com a bola num campo cercado e um bando de gente de costas para o que acontece nesse campo. O treino tático, na verdade, serve como uma happy hour para os jornalistas. É o momento em que todos se encontram. Gente que não se vê há quatro anos, gente que trabalha em jornais concorrentes, gente que está se conhecendo e quer discutir uma paixão em comum: o futebol. Discute-se muito mais futebol ali, de costas para o campo, do que no próprio campo.

Muitas vezes um participante da happy hour faz mais sucesso que os próprios jogadores que estão treinando. É o caso de Galvão Bueno. Galvão não é presença assídua nos treinos. Por isso mesmo, quando aparece, faz a alegria dos radialistas. O repórter de rádio, talvez, seja o profissional mais sacrificado da cobertura do treino. Parece inacreditável, mas o treino é transmitido ao vivo por muitas das rádios que vão à Copa. Se ali, no campo, o treino é um tédio só, fico imaginando o que é um treino pelo rádio. O locutor conta quantas embaixadinhas Ronaldinho Gaúcho está fazendo? Descreve as técnicas de alongamento de Kaká? Analisa o comportamento do massagista?

É por isso que o sucesso de Galvão Bueno entre seus pares é mais do que compreensível. Ele dá autógrafos, posa para fotos tiradas no celular e até dá entrevistas, o que garante o noticiário do dia dos esforçados radialistas. Ao mesmo tempo, as verdadeiras estrelas, os jogadores, ficam se exibindo para chamar a atenção dos fotógrafos. Eles sabem que a foto a ser publicada no jornal do dia seguinte será feita ali no treino. Sozinhos, fazem as jogadas mais complicadas, aquelas que quase nunca conseguem fazer quando o jogo é pra valer, em busca das teleobjetivas que os acompanham.

Talvez os amantes de futebol não acreditem, mas foi num desses treinos que eu vi o Viola fazer uma bicicleta. A bicicleta, como todo mundo sabe, é o mais espetacular dos chutes no futebol. Ela acontece quando o jogador chuta a bola no ar e de costas sobre a sua própria cabeça. Difícil de entender? Pois é mais difícil ainda de executar. Nem todo jogador é capaz de fazer uma bicicleta. Pelé fazia muitas. Tem que ser um Pelé para ter intimidade com a bicicleta. Viola foi um atacante da seleção na Copa de 94. Não se pode dizer que tenha sido um grande destaque. Na verdade, ele só jogou dez minutos na prorrogação da partida final contra a Itália. Mas naquele treino – eu vi! –, Viola fez uma bicicleta. O problema é que os fotógrafos não costumavam acompanhar Viola nos treinos, e ninguém percebeu que ele tinha acabado de dar um chute característico dos verdadeiros craques.

As poucas testemunhas começaram a comentar e, em pouco tempo, todo mundo que assistia àquele treino já sabia do feito. Os fotógrafos perceberam que a foto do dia tinha sido perdida. E tentaram se redimir:

– Ô, Viola, faz outra bicicleta aí – solicitou um deles.

Viola não perdoou:

– Pra quê? Eu não trabalho na Caloi.

E foi assim que Viola deixou de ser manchete em todos os cadernos da Copa do dia seguinte.

A CAMAREIRA MARROQUINA

Em cada país em que segui a seleção brasileira, conheci, em média, uma dezena de cidades. Isso significava também uma dezena de hotéis. Quando a gente estava se acostumando com um, já era transferido para outro. Nem bem tinha me adaptado a um travesseiro e já começava a me indispor com outro. Mal tinha decifrado o sistema para diferenciar, no banheiro, a torneira de água quente da de água fria e tinha que começar tudo de novo. Era só decorar o horário do café da manhã num dia para descobrir que tudo era diferente no dia seguinte. A exceção foi na Copa da França, quando ficamos quase o tempo todo em Paris.

O Mundial Francês também nos levou a outras cidades. O Brasil teve um jogo em Marselha e dois em Nantes. Mas já estávamos tão adaptados em Paris – é fácil se adaptar em Paris, não? – que, terminada a partida, cumpridas as obrigações com o jornal, todo mundo saía direto do estádio para a estação ferroviária em busca do primeiro TGV em direção à cidade. A gente desembarcava na Estação de Montparnasse nos horários mais esdrúxulos, mas com a segurança de quem estava a uma distância que podia ser percorrida a pé do hotel Le Royal, nosso porto seguro.

Ficamos hospedados 45 dias no Le Royal. O hotel se orgulhava de sua cotação de três estrelas, embora fossem três estrelas cadentes. Ele não tinha ar-refrigerado e, apesar do frio que nos surpreendeu nos primeiros dias de estada em Paris, o verão, enfim, chegou. E aí parece que só o Le Royal ficou surpreso. Não havia ventilador de pé que desse jeito. Oficialmente, o Le Royal não tinha sauna para os hóspedes. Mas cada quarto era uma sauna particular.

O que tinha de precariedade em serviços, o Le Royal tinha de sobra em calor humano. Era no Le Royal que eu me encontrava com Noelle, a eficiente ocupante do balcão de recepção. Era Noelle quem, todas as segundas-feiras, recolhia minha roupa suja. Era ela quem sempre me perguntava como tinha sido o show de Gilberto Gil (eram tantos os shows de Gilberto Gil, que eu nunca sabia bem o que responder para Noelle). De todos os franceses com quem esbarrei durante a Copa, Noelle foi a que mais se esforçou para pronunciar corretamente meu sobrenome. Ela já havia esgotado todas as possibilidades quando, certo dia, me chamou de Monsieur Xexô. Não podia exigir mais dela. Tornei-me Monsieur Xexô sem reclamar. Mas meu momento preferido com Noelle acontecia quando eu ia me queixar de algum problema com meu celular e da ineficiência das operadoras de telefone francesas.

– C'est bizarre – dizia ela, solidária.

Às vezes, eu inventava defeitos que não existiam, só para ouvir Noelle, envergonhada, dizer "c'est bizarre".

Foi no Le Royal que encontrei um paquistanês que não lembrava em nada Dick Bogarde, mas que também era porteiro da noite. Como era mal-humorado o paquistanês! Um caso clássico de chatice. Reclamava do barulho quando eu via televisão até tarde.

– Não é possível que o senhor queira assistir à TV às duas da manhã – dizia ele numa lógica que talvez fizesse sentido no Paquistão.

– Se não é para ver, por que insistem em fazer transmissões nesse horário? – respondia, mas com a certeza de não aplacar o mau humor do porteiro.

O paquistanês nos recebia, todas as noites, com um formal "Ça va?".

Era uma pergunta inocente, de praxe, sem segundas intenções. Mas ele era tão chato, tão chato, que dava vontade de responder "não interessa". E, às vezes, era assim mesmo que eu respondia.

Foi no Le Royal, enfim, que eu conheci Fatimá, uma marroquina, campeã mundial do campeonato de camareiras abusadas. Fatimá era uma espécie de BomBril do Le Royal. Tinha mil e uma utilidades. Arrumava os quartos, limpava as vidraças, servia o café da manhã. Era nesse último item que Fatimá exacerbava seus poderes. No Le Royal, o café da manhã começava mais ou menos entre 7:30 e oito da manhã e terminava em algum horário mais ou menos compreendido entre dez e 10:30. A única certeza era a de que o hóspede seria sempre surpreendido. Tudo dependia do humor de Fatimá. Uma das grandes diversões no hotel era adivinhar a que horas seria servido o café da manhã no dia seguinte. Fatimá não entendia por que os brasileiros chegavam sempre quando ela já estava encerrando o expediente. O fato é que ninguém queria acordar cedo para degustar o suco de laranja insosso, o café aguado e o croissant dormido que Fatimá nos preparava. Mas também ninguém tinha coragem de criticar os serviços da camareira marroquina. Na verdade, o salão do café da manhã ficava às moscas – literalmente – até 10:25. Aí, os brasileiros chegavam aos bandos para irritação de Fatimá. De vez em quando, ela se cansava de esperar e fechava as portas lá pelas 9:30, no máximo às dez horas.

– Hoje não veio ninguém – dizia, com cara de eficiência, a um ou outro hóspede que ousava aparecer, pelas contas de Fatimá, atrasado. – Resolvi fechar mais cedo.

Com medo de apanhar da camareira, eu chegava sempre antes das nove horas. Foi assim que fiquei conhecendo um pouco mais da vida de Fatimá. Ela tinha um marido que ficara em Marrocos. Ela sempre tentava arrancar de mim a informação de como conseguir um passaporte brasileiro para ele. Imaginava que, assim, com um passaporte brasileiro, ele conseguiria entrar legalmente na França. Nunca consegui entender de onde ela tirava essas ideias. Mas nada a demovia. Todas as manhãs, ela vinha me falar de passaportes, de imigração, do marido por quem era apaixonada. Descobri que nunca saberia quem era verdadeiramente aquela camareira tresloucada na manhã em que Luis Fernando Verissimo chegou ao salão vestindo terno e gravata. Fatimá largou a bandeja com o chá que levava para uma hóspede, dirigiu-se ao cronista, ajoelhou-se a seus pés e... o pediu em casamento. Verissimo deu as costas e foi tomar seu desjejum no café da esquina. Sem constrangimento algum, Fatimá veio me explicar o ocorrido:

– Eu amo meu marido. Mas sou capaz de qualquer bigamia diante de um homem de paletó e gravata.

Nas minhas andanças de Copa em Copa, talvez o único outro hotel em que me hospedei com um ambiente tão caseiro quanto o Le Royal tenha sido um da etapa japonesa da Copa da Ásia. A Copa do Mundo estava de folga. Tinham acontecido 56 jogos em 19 dias. Algumas vezes, foram quatro partidas num dia só. A Copa estava cansada. Tínhamos pela frente dois dias sem jogo algum programado. Era tempo de repouso. Só podia ser esse o motivo para o jornal me mandar para um spa, alegando que eu estaria perto da seleção brasileira.

Quando saímos de Kobe, acreditávamos que estávamos nos dirigindo para Shizuoka, onde o Brasil jogaria contra a Inglaterra (ganhamos de 2 X 1). Não era verdade. Fomos para Kakegawa, a meia hora de Shizuoka. Também não estávamos perto da concentração. O time brasileiro estava em Hamamatsu, também a meia hora de Kakegawa, mas meia hora para o outro lado. Imaginava ainda que estaria aos pés do Monte Fuji. É isso que todos os folhetos turísticos de Shizuoka vendem. Talvez estivéssemos, mas como o tempo era nublado, eu mal enxergava meus próprios pés, quanto mais os pés do Monte Fuji.

Enfim, o futebol é mesmo uma caixinha de surpresas. E a maior surpresa daquela temporada de futebol foi o hotel em Kakegawa, onde nos hospedamos para, supostamente, acompanhar a seleção brasileira durante sua estada em Hamamatsu e seu jogo em Shizuoka.

Ficava no alto de uma serra. Era enorme. Tinha campo de golfe, de arco e flecha, de tênis, banhos de água quente, um parque aquático e, no hall de entrada, um piano que tocava sozinho trilhas sonoras de filmes americanos. E quase nenhum hóspede. Só os colunistas do *Globo* e os comentaristas da TV Globo. Sentia-me no set de filmagens de *O iluminado*, só que o cenário do hotel real era meio de segunda classe. O do filme tinha mais estilo. Para quem tem intenção de perder o estresse até que pode ser uma boa pedida. Mas como desestressar com a possibilidade de encontrar Jack Nicholson, surtado, no fim do corredor? Além disso, quem quer desestressar durante uma Copa do Mundo? Eu queria ver o treino da seleção. Eu queria ouvir o buchicho no hotel da seleção. E embora tudo ficasse só a uma hora do hotel, não havia meio de transporte à vista que pudesse nos levar até lá.

O Arnaldo Cézar Coelho passeava pelo saguão do hotel feito um zumbi. O Galvão Bueno também. Falcão tentava matar o tempo navegando na internet. Casagrande bufava pelos jardins. Não havia nada para se fazer em Kakegawa.

Para se ter uma ideia do ritmo de vida que o hotel esperava de seus hóspedes, basta dizer que o café da manhã só era servido até as nove horas. Almoço, até as 11:30. Teve um dia em que consegui almoçar um pouco mais tarde. Mas é que o restaurante já tinha sido aberto para o jantar, que, aliás, aceitava os últimos pedidos só até sete e meia da noite. Aquilo era um retiro! E acabei relaxando e aceitando as regras do retiro. Para quem pensa em glamour e emoção quando imagina uma cobertura de Copa do Mundo, aqui vai a realidade: passei dois dias jogando buraco com Verissimo, a mulher dele, Lucia, e Fernando Calazans.

O TORCEDOR E O RADIALISTA

Uma grande tenda armada nas proximidades do Stade de France, em Paris, pretendia, cobrando ingresso, reunir a comunidade de brasileiros que não conseguiu entrada para assistir aos jogos. A ideia era mostrar as partidas da Copa de 98 por um telão. Village Brasil era o nome do negócio. Não deu certo. Na praça em frente ao Hotel de Ville também havia um telão transmitindo os jogos. De graça. O segundo telão bombou, e o Village faliu.

Copa do Mundo rima com negócios. O país-sede sempre pensa que vai ganhar muito dinheiro organizando o Mundial, mas a história tem mostrado que não é bem assim. A falência do Village Brasil, em Paris, é um pequeno exemplo dos negócios malsucedidos numa Copa do Mundo. Às vezes, o mau negócio ganha proporções monumentais, como na Copa da Ásia. Ela se orgulhava de ser a Copa de oito bilhões de dólares, a mais cara de todos os tempos. Mas tornou-se também a Copa em que mais se perdeu dinheiro em toda a história.

É claro que quando se fala em perda de dinheiro ninguém está pensando na FIFA. A FIFA, como sempre, foi bem, obrigado. As dezenas de contratos milionários com patrocinadores exclusivos e as altas cifras da venda de direitos de transmissão dos jogos para a televisão mantiveram a organização como uma das mais poderosas do planeta. Os negócios não foram bem para a Coreia e para o Japão.

Os primeiros a reclamar foram as agências de turismo e os hotéis. O Campeonato Mundial de Futebol sempre atrai turistas do mundo inteiro para os países que sediam a competição. Ninguém esperava que latino-americanos ou europeus lotassem os hotéis coreanos e japoneses. A Coreia não contava com uma invasão de equatorianos ou de eslovenos, só para citar duas seleções que chegaram à primeira fase do torneio. Havia turistas de todo o mundo no país. Mas em pequeno número, como era previsto. A Coreia acreditava mesmo é que teria uma invasão japonesa e chinesa. O Japão é, tradicionalmente, o maior fornecedor de turistas no verão coreano. Só que, no ano da Copa, os japoneses não apareceram. Preferiram ficar em casa acompanhando os jogos do Japão mesmo. E os chineses, bem, depois de sua seleção sofrer uma derrota no primeiro jogo da disputa, muitos pacotes foram cancelados. Resumo da ópera: o movimento dos hotéis coreanos, em plena Copa do Mundo, foi 10% menor do que na mesma época do ano anterior.

Terminada uma Copa do Mundo, ninguém sabe como recuperar o dinheiro gasto na construção de estádios. A Copa na Coreia nos levou a uma ilha chamada Jeju. Ou Che-ju, ninguém sabe direito. Parece que no alfabeto coreano, o símbolo que representa o fonema "jê" pode representar também o fonema "che", mas só quando estiver no começo de uma palavra. Mas isso é uma outra história. A ilha Jeju é considerada um paraíso. Tem praia – alguns brasileiros se lembraram de Sepetiba –, gastronomia à base de peixe pargo, uma orgulhosa produção de tangerinas e um símbolo esquisito, que é a imagem do deus Dolhareubang. Esculpido em pedra, Dolhareubang parece um totem. É baixinho, meio gorducho, tem os olhos empapados, o nariz abatatado e é beiçudo. Como se vê, não é uma imagem bonita. Mas os jejuenses – ou che-juenses, você decide – acreditam que ele traz proteção. Há 45 estátuas de Dolhareubang espalhadas pela ilha.

Jeju é o destino preferido por casais coreanos em lua de mel. Eles vão para lá em busca de pargo, tangerina e uma praia igual à Sepetiba. Que tal? Para não se esquecer dos momentos felizes passados na região, os recém-casados compram bonequinhos – de madeira, de pelúcia, de pedra – que reproduzem a imagem do deus Dolhareubang. É ou não é fofo?

Jeju tem também alguns dos melhores hotéis do planeta. Com cassinos que aceitam dólar como moeda corrente. E shows diários com fogos de artifício e águas dançantes. Tem também campos de golfe. E um inesperado Teddy Bear Museum, uma espécie de Museu do Ursinho! Jeju se assemelha a uma Ilha da Fantasia. Não estranhe se, a qualquer momento, encontrar Ricardo Montalban recebendo um grupo de convidados.

Um lugar como este não precisaria construir um estádio de futebol. Mas construiu. E o Estádio de Seogwipo, em Jeju, não é um qualquer. Tem a forma de um vulcão com o topo ligeiramente achatado. É uma homenagem aos 360 vulcões inativos que se espalham pela ilha. Meia dúzia de palitos gigantescos, de um lado só da construção, parecem estar apoiando o tal vulcão. Na verdade, eles representam os seis continentes. E o intervalo entre esses palitos são os cinco oceanos. A cobertura procura assemelhar-se a uma rede de teú, uma maneira de pescar típica da região. Assim como é um vulcão, o estádio pode ser também uma embarcação (na Coreia, tudo pode ser outra coisa). Bem, o estádio abriga 42.256 espectadores numa cidade que na ocasião possuía 97 mil habitantes. Isso mesmo, metade da população de Seogwipo cabia no estádio, cuja construção custou 82 milhões de euros. Ele recebeu dois jogos da Copa e nunca mais se ouviu falar dele.

Todos os estádios coreanos eram lindos, modernos e... enormes. Com o fim da Copa, serviriam para quê? Na verdade, ninguém se preocupou com isso durante o Mundial. A preocupação era com os lugares vazios durante os jogos. Falava-se em prejuízos de US$ 800 mil por partida.

Lugares vazios são um mistério em qualquer Copa. A notícia é sempre de que a lotação está esgotada desde muitos meses antes. Cambistas aparecem em volta dos estádios oferecendo ingressos, para qualquer jogo, por US$ 600 ou mais. Mas, quando o jogo começa, não dá para disfarçar as clareiras abertas nas arquibancadas. Na Alemanha, um ingresso para a final estava valendo € 5.900 na mão de cambistas. O difícil era encontrar alguém que, mesmo com dinheiro, tivesse coragem de comprar. Em todas as Copas, há uma avalanche de ingressos falsos. Como se vê, até cambista se dá mal.

O merchandising oficial sempre encalha. No começo, as lojas têm seções enormes com camisas de todas as seleções em concurso. Mas, à medida que os times vão sendo eliminados, as camisas de suas seleções deixam de ser uma mercadoria atraente. O encalhe aumenta a cada rodada. O comércio tenta incrementar suas vendas com os brasileiros, compradores compulsivos tradicionais. Em Ulsan, a loja de departamentos Hyundai chegou a imprimir um texto em português para atrair a nossa torcida. Trecho da peça publicitária: "Os clientes fazem compras com sua vontade. Se comprarem as mercadorias que valem mais de trinta mil won em que uma loja tem o placar shopping de taxa liberalizado, ganhariam um comprovante Global Refund, os coreanos do exterior que vai partir dentro de três meses podem voltar de taxa cobrada." A brasileirada não entendeu e não se animou a gastar seu dinheiro. Se o folheto fosse em coreano, talvez tudo ficasse mais claro.

Só se dá bem o comerciante improvisado, aquele que vende, em volta do estádio, bandeirinhas dos dois países que estão disputando a partida do dia. Numa Copa do Mundo viceja o comércio informal, como o que uniu, inesperadamente, na Coreia, um radialista e um torcedor brasileiros.

O radialista não foi a Ulsan apenas para cobrir o desempenho da nossa seleção. Ele tinha que aproveitar e também divulgar a estação da qual era contratado. Por isso, sua camiseta era exuberante na tarefa de exibir o logotipo da emissora. Por isso, ele usava um bonezinho que também gritava o nome da rádio para o resto do mundo. Por isso, ele distribuía tabelas do Mundial com o dial da rádio impresso. Por isso, enfim, ele levou algumas dezenas de bandanas para distribuir entre jornalistas, torcedores e até mesmo entre outros radialistas. A bandana também estampava o nome da estação, é claro. O radialista era, praticamente, um garoto-propaganda.

O torcedor não foi a Ulsan apenas para acompanhar os passos dos craques de Felipão. A viagem foi sacrificada. Custou caro. Ele tinha que levar um troco na volta. Por isso, ele estava sempre atrás de um brinde. Ficava de olho na mochila da Nike. Ficava de olho no bloquinho do Guaraná Antarctica. Ficava de olho na canetinha do Hotel Hyundai. E, é claro, ficava de olho na bandana da estação do radialista.

O radialista e o torcedor se encontraram no Boi Sangrento, aquele restaurante de comida brasileira que abriu nas cercanias do hotel que hospedava a seleção. O torcedor tomou coragem e pediu uma bandana ao radialista. O radialista lhe deu várias.

– Distribua na torcida – pediu.

– Deixa comigo – assegurou o torcedor.

O radialista ficou com jeito de dever cumprido. O torcedor ficou tão satisfeito que, por alguns momentos, nem teve inveja de quem já tinha descolado a mochila da Nike.

Aqui entra um terceiro personagem: a coreana que gerenciava uma lojinha no saguão do Hotel Hyundai. Era uma lojinha de lembranças. O forte de Ulsan não são boas lembranças. Mas, como era época de Copa do Mundo, a lojinha estava sortida. Ali, você podia comprar um chaveirinho da Copa, um pequeno dicionário coreano-inglês ou um dos quatro tipos de mascote do Mundial da Ásia, reproduzidos na forma de bichinhos de pelúcia.

Certo dia, o radialista passou por lá. Pensava em comprar umas lembrancinhas para a patroa e para as crianças. Enquanto ficava na dúvida entre uma camiseta dos Red Devils (o apelido da seleção coreana) e um enfeite de celular com as cores do time japonês, descobriu suas bandanas em exposição.

– Mas o que é isso? Estas bandanas não são para vender – reclamou.

A coreana não entendeu, mas percebeu que o radialista queria pegar as bandanas sem pagar.

– Nada disso – disse ela, ou algo muito parecido. Ela só falava coreano, não dá para repetir com fidelidade suas palavras. – Eu comprei essas bandanas de um torcedor brasileiro. Se quiser levar, cada uma custa cinco mil won.

O radialista achou melhor deixar as bandanas à venda. Mais tarde encontrou-se com o torcedor na frente do hotel. Quase saíram no braço. Foi necessária a intervenção da turma do deixa disso (ela também foi à Copa). O radialista passou o resto do torneio bufando. O torcedor usou o lucro inesperado para pagar um jantar, com direito a polvo vivo na pimenta, ao resto da torcida.

A ZONA DA ZONA MISTA

O repórter se ajeitou como pôde na grade, estendeu para o jogador o microfone de sua rádio e fez a pergunta crucial:

— Mudando de assunto, o que você acha de ter sido eleito um dos jogadores mais bonitos da Copa?

Sem esconder o constrangimento, Kaká abaixou a cabeça, respirou fundo e respondeu:

— Isso não é importante.

A cena aconteceu na Copa da Alemanha, durante um treino em Königstein. Parece corriqueira, mas não é uma cena comum. Repórteres diante de jogadores fazendo perguntas e anotando respostas, isso quase não acontece numa Copa do Mundo. Aquele treino em que Kaká se viu diante de um repórter com microfone era um treino diferente. Como todo mundo já sabe, o treino da seleção é onde nada acontece. Jornalistas jogam conversa fora, abraçam-se, comentam o jogo da véspera, tomam um cafezinho e, quando descobrem que não têm nada para escrever, encaram desesperados seus laptops. Mas naquele dia havia uma notícia. Na véspera, Ronaldo, o Fenômeno, tinha passado mal, tinha feito exames numa clínica e ali, no treino, haveria a oportunidade de ele próprio, pela primeira vez, explicar o que acontecera. Quando Ronaldo passava mal numa Copa do Mundo, mesmo que fosse uma singela dor de barriga, a imprensa se arrepiava. Logo vinha à mente a final da Copa da França e a história nunca bem contada do que aconteceu com o atacante. Quem podia garantir que não aconteceria de novo? Por isso, aquele treino estava especialmente concorrido. Todos os jornalistas aguardavam com ansiedade o momento da Zona Mista.

Zona Mista é como é chamado o local onde a imprensa e os jogadores se encontram. Ela é sempre criada no fim de cada partida. É o instante em que, no caminho para o vestiário, os jogadores dão uma paradinha para conversar com os repórteres. Aquela é a única chance de se conseguir uma declaração com aspas. Os repórteres ficam empilhados, gritando o nome do jogador que interessa. Se um outro parar, serve também. Grandes declarações de atletas numa Copa do Mundo são conseguidas desse jeito.

No treino, é um pouco diferente. Quando eles desembarcam do ônibus que os traz da concentração, passam por uma pista isolada por grades até o campo de futebol, onde, enfim, vão treinar. De um lado da grade, os jogadores passam. Do outro, os repórteres tentam fazer com que eles parem um pouquinho para uma conversa rápida. Ninguém é obrigado a parar. Ronaldo, por exemplo, só parava de vez em quando.

Se a imprensa estivesse comentando suas bolhas do pé ou suas noitadas na Alemanha, ele não parava mesmo. Naquele dia, ninguém acreditava que ele fosse parar. Ninguém acreditava que ele quisesse explicar o mal-estar que o levara ao hospital. Mas ali, na Zona Mista, não custava tentar.

Por isso, quando se viu diante de Kaká, o repórter de rádio imaginou que talvez aquela fosse a única entrevista que ele conseguiria no dia. Naquela Copa, os jornais não paravam de publicar listas sobre os jogadores mais bonitos do torneio. Um observador distraído poderia até pensar que aquela era uma cobertura do concurso de Mr. Universo, não do Campeonato Mundial de Futebol. E Kaká, coitado, teve que continuar falando sobre sua inclusão numa dessas seleções.

– Você é o único brasileiro da lista... – insistiu o repórter.

Kaká manteve a classe:

– É sempre bom ser lembrado, mas quero ser eleito um dos melhores em campo.

Teoricamente, a Zona Mista é superorganizada. Um pedacinho para a imprensa escrita (jornais e revistas), um segundo pedacinho para a imprensa falada e eletrônica (rádio e internet), um terceiro pedacinho para a imprensa estrangeira e o último pedacinho para a televisão. Uns não podem se misturar com os outros e quem está num pedacinho não pode pôr um dedo do pé no pedacinho do outro. O problema é que as linhas divisórias são imaginárias, e, volta e meia, rola um estresse. É o repórter de TV que se sente atrapalhado pelo fotógrafo de jornal ou vice-versa. Nesses casos, a cotovelada é a melhor arma. Nesses encontros cheios de tensão é que são geradas as imagens que você vê à noite na televisão, as entrevistas que você ouve o dia inteiro no rádio, as declarações que você lê nos jornais no dia seguinte, as manchetes sensacionalistas que surgem em tempo real na internet. Mas ninguém espera muito das entrevistas na Zona Mista. Elas são curtas e interrompidas a todo instante. Só servem para garantir um mínimo de material para a imprensa. No entanto, naquele dia, se Ronaldo parasse...

A expectativa era tão grande que saí do meu posto de cronista preguiçoso de amenidades e fui conhecer a Zona Mista. Confesso que invadi o pedacinho alheio. Fiquei junto à imprensa estrangeira, no limite da divisa com o pessoal de rádio. O primeiro que parou ali foi Cafu.

– E aí, Cafu? E o Ronaldo?

– O Ronaldo vai bem. Ele está com a saúde melhor que todos nós.

Logo depois, parou Lúcio. Confesso que não ouvi nada do que ele disse. Essa é outra característica da Zona Mista. Para ficar encostado na grade, cara a cara com o jogador, é preciso chegar com antecedência. Eu cheguei na hora marcada. Consegui uma terceira fila. Era debaixo de uma árvore, o que foi uma vantagem sob o sol inclemente que fazia àquela altura na Alemanha. Mas, quando o jogador é de poucas palavras, fala com a cabeça baixa e emite o som mais para dentro do que João Gilberto, aí não dá.

Ronaldinho Gaúcho passou direto. Aí apareceu Ronaldão. Meus colegas do exterior se entusiasmaram:

– Rôni, Rôni, Rôni...

Rôni parou.

– Eu estou bem. Tive enjoo e dor de cabeça o dia inteiro. Acharam melhor fazer exames numa clínica. Fiz e não deu nada.

O pessoal pareceu satisfeito. Não sei com o quê. Gostei mais do fim da entrevista com Kaká.

– É, Kaká, mas a pesquisa para escolher os jogadores mais bonitos foi feita entre os gays da Holanda.

– Essa não é a minha praia – rebateu um envergonhado Kaká.

A Zona Mista é uma zona.

UM POUQUINHO DO BRASIL

A cidade era Suwon, na Coreia. O estádio era o Big Bird, que os jornalistas brasileiros logo apelidaram de Passaralho. O jogo era o do Brasil contra a Costa Rica (ganhamos por 5 X 2). Antes de entrarmos no Passaralho, vi uma pequena aglomeração. Tinha um palquinho, um show rolando, alguns coreanos formando a plateia. Ao me aproximar, identifiquei os artistas. Era o CTC – o Centro de Tradições Gaúchas – com todos os seus integrantes vestindo roupas típicas e cantando "Prenda minha" e outras pérolas do cancioneiro rio-grandense. No fim, ainda antes de o jogo começar, eles se esqueceram da tradição de seu estado, e a gaita gaúcha atacou um sambão de Gonzaguinha, que ninguém é de ferro. Um ou outro coreano chegou a balançar o dedinho. "Isso aqui ô ô..." Foi nesse ponto que o espetáculo desandou. Os folcloristas desceram do palquinho e começaram a incentivar o público a sambar. Dois ou três brasileiros aderiram à proposta. Quando perceberam que poderia sobrar para eles, os coreanos saíram de fininho. Pano rápido. "É um pouquinho de Brasil, iaiá..."

Foram quatro Copas, mas nunca deixei de me surpreender com os conterrâneos que sempre levam um pouquinho do Brasil a qualquer canto do mundo onde esteja se realizando o Mundial de Futebol. A Coreia é do outro lado do planeta, mas o CTC estava lá para mostrar a "Prenda minha".

Às vezes, eles nem chegam de tão longe. É a colônia brasileira no exterior que garante a festa. De todas as cidades em que estive seguindo a seleção brasileira, talvez Hamamatsu, no Japão, fosse a que abrigava a maior colônia brasileira. Os torcedores cercaram, 24 horas por dia, o hotel que hospedava nosso time e imploravam para ver nem que fosse só um pedaço do rosto de Kaká, Roque Júnior ou Vampeta na janela. Ronaldo, Rivaldo, Roberto Carlos, seria pedir demais. Eram os brasileiros locais que movimentavam o hall dos hotéis em que nosso time se hospedava. Era ali que eles tentavam ganhar algum troco estabelecendo todo tipo de negócio.

– Você é brasileiro? – me perguntou o conterrâneo de terno e gravata.

Diante da minha afirmativa, ele disparou seu comercial.

– Soube que vocês estão com problemas de conexão à internet neste hotel. Pega o meu cartão. Tenho uma escola de computação aqui pertinho e posso resolver qualquer problema na área.

É preciso identificar qualquer oportunidade. Em Hamamatsu, a cada dia dobrava o número de brasileiros dispostos a serem intérpretes ou motoristas do grande contingente de jornalistas que estava lá. Eram cidadãos desempregados, que já moravam na cidade há alguns anos, e conheciam os macetes da mão inglesa no trânsito. Eles alugavam vans e, em troca de uma diária que nunca ultrapassava US$ 20, dispunham-se a levar a turistada para o estádio ou para o campo de treinamento.

A figura do torcedor brasileiro que comprou um pacote em agência de turismo é cada vez mais rara. Quando um grupo grande de torcedores do Brasil é visto, pode ter certeza de que são os ganhadores de alguma promoção do cartão de crédito ou do refrigerante que está patrocinando o torneio. E eles aparecem mais na primeira etapa, quando é certo que a seleção vai participar de três jogos. A partir das oitavas de final, a torcida diminui. É difícil encontrar um torcedor como Walter Borboletta, que eu conheci na Copa americana. Ele já havia estado nas Copas da Espanha, do México e da Itália. Aquela era a quarta Copa do Borboletta. E ele assistia a elas de cabo a rabo. Em todos os jogos do Brasil, em todas as Copas, ele se vestia de verde e amarelo da cabeça aos pés. Saía de Pedreira, ali pertinho de Campinas, para ver a seleção quase sempre fracassar no Mundial. A Copa dos Estados Unidos seria a primeira em que ele acompanharia uma trajetória do escrete canarinho até o título de campeão do mundo. Ele se lembrava de que, na Copa do México, estava num grupo de cinquenta brasileiros; na da Itália, eram quarenta; ali nos Estados Unidos, eram apenas oito. Não sei se Borboletta continuou seguindo o Brasil nas Copas. Ele já tinha setenta anos quando o conheci.

O clima nos países-sedes também não ajuda a extroversão de torcedores latinos. Nos Estados Unidos, ninguém sabia que estava rolando uma Copa do Mundo. Meus colegas diziam que na França seria diferente, que os franceses amavam o futebol, que o país iria parar em dias de jogo. Mas não foi muito diferente dos Estados Unidos. Lembro-me do dia em que entrei num vagão de metrô que tinha um grande grupo de torcedores holandeses fazendo a maior farra. Quatro adolescentes francesas olhavam para a turma com ares de espanto, até que uma delas me perguntou:

– De onde são essas pessoas vestidas de cor de laranja?

– São da Holanda – respondi, sem resistir a acrescentar: – E vocês? São de Marte?

Na Ásia não foi diferente. A má ideia de dividir a Copa entre dois países fez com que a torcida não esquentasse nem na Coreia, nem no Japão. Copa do Mundo mesmo com participação da torcida do jeito que a gente conhece no Brasil, só vi na Alemanha. As cidades ficavam vazias na hora dos jogos, os escritórios fechavam mais cedo, as escolas suspendiam as aulas, e os torcedores ocupavam as ruas ao fim de cada partida, fazendo a festa. Foi na Alemanha que se pôde sentir a presença da torcida brasileira e, nesse aspecto, Munique foi imbatível.

Marienplatz (a praça de Maria) é o coração de Munique. E tem sido desde 1158, quando a cidade foi fundada. Era ali que todas as torcidas se encontravam na Copa de 2006, protegidas por uma imagem de Nossa Senhora que fica sobre um pedestal altíssimo. Foi ali que a torcida brasileira se espalhou num sábado, véspera do jogo contra a Austrália.

O astral com que tínhamos chegado à Alemanha, 19 dias antes, não era o mesmo. Na chegada, éramos os melhores do mundo, a seleção que todos temiam, os favoritos absolutos. A pífia vitória por 1 X 0 sobre a seleção croata, na nossa estreia em Berlim, tornou-se uma decepção para todos. E a morte de Bussunda, que estava lá para fazer humor, acabou de vez com o alto-astral. A chegada da torcida brasileira à Marienplatz tentava reverter este quadro.

De repente, um bloco de Carnaval passou em frente ao café principal da praça. Eram os foliões do Só Jesus é Brasileiro, um grupo de evangélicos, tentando animar a moçada. Dizem que brasileiro é o único povo que consegue misturar religião, carnaval e futebol. Se for assim mesmo, Marienplatz foi um ótimo lugar para cantar vitória antes do tempo. Além da imagem de Nossa Senhora que olha para toda a praça, há duas igrejas seculares ali, a Michaelskirche e a Frauenkirche.

Na véspera do jogo, a animação em Marienplatz continuava. A torcida brasileira escalou a estátua de Nossa Senhora, tratando-a como uma estátua de Bellini qualquer. Em pouco tempo, ao som de uma batucada, a imagem da santa ficou coberta por uma bandeira do Brasil. As emissoras de TV alemãs chegaram correndo. "Samba em Munique", gritavam os repórteres.

A festa em Marienplatz dava a impressão de que a torcida brasileira, enfim, tinha desencantado. Mas no estádio a história foi outra. No dia seguinte, ganhamos de 2 X 0 dos australianos, mas eles nos deram uma goleada em termos de animação nas arquibancadas.

No quesito torcida animada, a gente só se dá bem quando o adversário não tem o menor talento para a tarefa. Foi assim em Dortmund, no jogo contra o Japão, em que o Brasil ganhou por 4 X 1 de virada. Os japoneses tentavam entusiasmar os jogadores de sua seleção cantarolando o ragtime que foi tema do filme *Golpe de mestre*. Alguém pode imaginar um time entusiasmado por ouvir um ragtime? Pois é. Em contrapartida, a torcida brasileira criou um refrão irresistível. Aquela Copa foi a que Ronaldo apareceu evidentemente acima do peso. Mas, em Dortmund, gordo ou não, ele marcou dois gols. Cada vez que tocava na bola, ouvia-se da arquibancada o grito brasileiro:

"Xi... fodeu
O gordo emagreceu."

NA ESTRADA, COM OLDEMÁRIO

— Pode deixar, eu te dou uma carona.

Alguma coisa me dizia que aquilo não ia dar certo. Mas como recusar uma gentileza de Oldemário Touguinhó? Minha missão era cobrir o jogo de abertura da Copa de 94, em Chicago. Estava em Los Gatos. Como já disse, algumas crônicas atrás, não sei dirigir. Todos os outros repórteres usam carros alugados. O torcedor acidental vai de táxi. Precisava sair de Los Gatos e ir até o aeroporto de San Francisco, de onde, no dia seguinte, às 9 horas, sairia meu voo para Chicago. Minha ideia era chegar na cidade na véspera do jogo, ainda cedo, com tempo para me ambientar e, principalmente, me credenciar para assistir à partida. Estava na portaria do hotel, pedindo o telefone de um serviço de táxis, quando Oldemário se ofereceu para me levar.

— Mas eu vou muito cedo. Não precisa se incomodar.

- Quer sair daqui a que horas?

— No máximo às 7 horas da manhã.

— Tá ótimo. Pode deixar, eu te dou uma carona.

Tive um mau pressentimento. Gente que não dirige tem mania de ser crítico em relação a motoristas. Como carona profissional, adquiri, com o tempo, um sexto sentido que me leva a, com uma única olhada, avaliar a qualidade do desempenho de quem sabe passar marchas, acelerar, frear, pisar na embreagem e outros mistérios insondáveis da arte de dirigir. Oldemário tinha cara de barbeiro. Mas como recusar uma gentileza de Oldemário Touguinhó?

Tive a honra de trabalhar na mesma redação de Oldemário já no meu primeiro emprego como jornalista. Eu era estagiário do *Jornal do Brasil*, e ele, um mito na editoria de esportes. Ele era amigo de Pelé, o que lhe garantia um furo atrás do outro. Já tinha participado da cobertura de quatro Copas do Mundo e era mestre também em publicar furos sobre a seleção, a concentração, os técnicos. Os horários de Oldemário faziam parte do folclore que cercava sua figura agigantada. Ele nunca saía da redação antes de o jornal ser rodado. Era daqueles que, todos os dias, tinha uma notícia de última hora para pôr na edição. Era muito comum que até o editor de Esportes se surpreendesse com alguma matéria ao ler o jornal de manhã. Culpa do Oldemário que, muito frequentemente, escrevia suas principais reportagens depois do fechamento. Era o rei do segundo clichê. Mas, verdade seja dita, ele nunca era o primeiro a chegar à redação. Digamos que cumpria um horário muito peculiar.

Lá, na Califórnia, ele estava cobrindo seu nono Mundial de Futebol consecutivo (ainda participaria do da França, completando dez Copas no currículo). Seus horários continuavam diferentes. No fim da noite, ele aparecia, de bermudas, sem camisa, sandália de dedo. Tomava um café e discutia futebol. Eu nunca sabia se ele estava acordando ou se preparando para dormir. No dia seguinte, a gente sempre encontrava no escritório do jornal alguma matéria do Oldemário feita na madrugada.

Às 7 horas da manhã, Oldemário já me esperava na recepção. Embarcamos. A primeira estranheza foi a de que, por mais que rodássemos, nunca chegávamos à 101, a rodovia que nos levaria direto a San Francisco.

– Está indo para onde, Oldemário?

– Para o aeroporto, é claro.

– Mas a gente não vai pela 101?

– Ah, você não conhece esse caminho? Todo mundo só usa esse atalho. Fica muito mais perto.

Relaxei, até perceber que estávamos passando pela cidade de Santa Clara, que ficava na direção oposta à de San Francisco.

– Desculpe-me pela insistência, Oldemário. Confio mesmo no seu senso de direção, mas... para que aeroporto estamos indo?

– Para o de San Jose, é claro.

– Mas o meu voo sai do aeroporto de San Francisco.

Freada brusca.

– Não se preocupe. Não se preocupe. Vai dar tempo. É só a gente achar a 101.

Pé no acelerador. Apesar de me preocupar com a velocidade um pouco acima da que estava acostumado, chegamos à 101 sãos e salvos e nos pusemos no caminho para o aeroporto certo. Dava para pegar o voo das 9 horas. De repente, estranhei que estivéssemos subindo uma ponte.

– Oldemário, não tem ponte no caminho para San Francisco.

– Não tem ponte? Eu não sei. Nunca fui a San Francisco. Por que você não me falou antes? Para onde estamos indo?

– Bem, se a baía aqui embaixo é a de San Francisco, estamos indo para Oakland. San Francisco já passou.

Não tinha mais jeito. Passamos por um pedágio, tirei minha carteira do bolso, paguei o pedágio e fomos para Oakland, onde Oldemário fez um retorno, pegou a ponte no sentido contrário, paramos no pedágio outra vez, paguei o pedágio outra vez, e, enfim, voltamos à 101 no caminho para San Francisco. Já tinha perdido o voo das 9 horas. Mas dava, com folga, para pegar o das 11 horas.

– Oldemário, é melhor você pegar a pista da direita...

– Por quê?

– Porque San Francisco... Pronto. Passou.
– Passou o quê?
– Passou a entrada para San Francisco.

Freada brusca. Como é que é? Uma freada brusca no meio da freeway com mais de 650 carros por minuto atrás da gente?

– Que é isso, Oldemário?

Ele não me ouviu. O som de minha indignação foi coberto pelo barulho de 650 buzinas, e a atenção de Oldemário estava dirigida para a marcha a ré que ele já estava dando. Como é que é? Marcha a ré numa freeway com mais de 650 carros por minuto indo na direção oposta? Acho que gritei "Socorro", mas nova safra de 650 buzinadas não deixou Oldemário ouvir.

Em pouco tempo, sem que, milagrosamente, tivéssemos visto uma só batida, estávamos nas cercanias do aeroporto. Nada de mau poderia acontecer. Eu já via o aeroporto. Infelizmente, via também uma cancela. O Oldemário só viu o aeroporto. Para espanto de uma policial que estava ao lado da cancela, batemos no obstáculo. Saltei do carro e comecei a explicar o inexplicável para a policial. Oldemário me mandou calar a boca e começou a gritar com a guardinha em português.

– A gente tá com pressa, porra. Por que é que tem uma cancela aqui no meio do caminho? Deixa que eu falo em português mesmo, ela não vai entender nada e vai nos liberar.

Não entendi a lógica, mas a policial parece ter entendido, aconselhou Oldemário a ser mais prudente e nos liberou.

Em menos de cinco minutos, chegamos ao aeroporto. Estava em cima da hora para pegar o voo das 11 horas. Mal me despedi de Oldemário. Só pensava em sair correndo daquele carro. Quando cheguei no check-in e me foi cobrada a taxa de embarque, descobri que tinha esquecido a carteira no carro. Foi na hora em que paguei o segundo pedágio. Com o coração na mão e imobilizado pelo pânico, não pus a carteira no bolso outra vez. Fiquei cinco horas no aeroporto esperando que uma alma caridosa da redação localizasse o Oldemário (não era tarefa fácil), achasse minha carteira e a levasse até mim. Peguei o voo de 18 horas e adiei toda a programação para o dia seguinte.

Oldemário nasceu em Campos, mas era carioquíssimo. Não foi por acaso que morreu num 21 de janeiro, dia de São Sebastião, padroeiro do Rio de Janeiro, a cidade que ele tanto amava. Os obituários publicados pelos jornais de todo o país lembraram seus prêmios Esso, suas dez Copas, seus muitos furos e duas de suas maiores paixões: o Botafogo e a Mangueira. Só se esqueceram de dizer que Oldemário Touguinhó era o pior motorista do mundo.

SUBINDO POR ONDE SE DESCE

A se julgar por Kobe, o Japão é a terra das máquinas automáticas, daquelas em que a gente põe uma moedinha e sai uma Coca ou uma Pepsi. Não, eu não sou um turista deslumbrado. Máquinas que despejam latas de refrigerante sempre foram a minha ideia de Primeiro Mundo. Na primeira viagem internacional que fiz, uma excursão pela Itália, era isso que eu procurava. Era fim dos anos 1970, e, no Brasil, ainda vivíamos na Idade da Pedra. Mas na Itália... bem, naquela ocasião, a modernidade mais tecnológica que encontrei no país foram fichas de telefone público. Até na Idade da Pedra já se usava tal inovação. Talvez por isso me impressionem tanto as máquinas automáticas que despejam refrigerantes. Sei muito bem que, durante a Copa da Ásia, no Brasil também havia máquinas que cuspiam Cocas e Pepsis ao receberem uma moedinha. Mas é que em Kobe há calçadas inteiras com as máquinas enfileiradas, uma atrás da outra. Às vezes, a sucessão de máquinas dobra a esquina. E não é só Coca e Pepsi, não. As máquinas japonesas despejam latas de café com leite. Ou de suco de tomate. Ou de chá (acho que vem com torradas, mas não posso garantir porque as instruções são escritas em japonês), ou de suco de toranja, ou de suco de cenoura, ou de café expresso, ou de café descafeinado, ou de leite puro, ou de Melancia-Cola (esta última, eu juro que existe porque experimentei). Não há bebida que uma máquina automática no Japão não seja capaz de nos oferecer em troca de 120 yens.

Ainda em Kobe, frequentei uma loja de discos que ficava no sétimo andar de uma galeria. Esta é outra característica do Japão. Há pouco espaço. Por isso, as lojas não ficam lado a lado. Ficam uma em cima da outra. É muito natural encontrar uma loja de discos num sétimo andar. É claro que há escadas rolantes que facilitam a nossa vida. Mas só para subir. O Japão é o país das escadas rolantes que sobem, mas nunca descem. Faz sentido. Afinal, para baixo todo santo ajuda.

Junto máquinas e escadas rolantes no mesmo texto porque, apesar de, em todo o planeta, o Japão ser o país que mais exibe tecnologia no cotidiano, a escada rolante mais sofisticada que encontrei em todas as minhas andanças foi em Munique, na Alemanha.

Nos anos 1960, eu era fascinado pelo título de um filme que não cheguei a ver nos cinemas: *Subindo por onde se desce*. Para não ficar a impressão de que tal paradoxo deva ser atribuído à criatividade dos tradutores brasileiros, devo deixar claro que, em inglês, o filme, dirigido por Robert Mulligan, tinha um título parecido: *Up the Down Staircase*. Era com Sandy Dennis – a esposa do jovem professor de *Quem tem medo de Virginia Woolf* –, uma de minhas atrizes preferidas da época (ela possuía um jeito meio neurótico, meio ansioso que emprestava a todos os seus personagens). Mas o que será que queria dizer aquele título estranho? Como é que se sabe por onde se desce? A expressão, desde então, me acompanha, embora, no começo, eu nem soubesse em que tipo de situação ela poderia ser utilizada.

Em alguma madrugada perdida dos anos 1970, o filme passou na televisão, e eu descobri, enfim, o que significava o título. Sandy Dennis interpreta uma professora idealista que vai lecionar numa turma de adolescentes barra-pesada. Você já sabe o que acontece, né? Tratando-os com respeito, a professora dobra os alunos e os transforma em cidadãos. Isso mesmo: é uma espécie de *Ao mestre, com carinho* de saias. Mas e o título? Por que aquele título?

Bem, no primeiro dia de aula, Sandy Dennis, ainda desconhecendo os corredores do colégio, sobe uma escada em busca de sua sala. No meio da subida, ela esbarra no colégio inteiro que, num intervalo entre as aulas, vinha descendo pela mesma escada. Era a escada errada. Ninguém subia por aquela escada. Ela só era utilizada para descidas. Mas, imbatível, Sandy Dennis enfrenta a multidão e segue em frente. No fim do filme, a professora, embora tivesse recebido um convite para lecionar numa escola de primeira classe, resolve ficar no colégio barra-pesada e educar outra turma-problema (não disse que você já conhecia essa história?). Ciente de que está nadando contra a corrente, ela comemora a decisão voltando a subir a escada que era usada só para descidas. Uma metáfora, sabe?

Embora tivesse gostado do filme – eu não resisto a um roteiro edificante em que um professor transforma a vida de adolescentes sem futuro –, acabei me esquecendo dele até a Copa da Alemanha, quando descobri que a expressão "subindo por onde se desce" pode existir literalmente, independentemente de metáforas. Foi na estação do metrô próxima ao hotel em que estávamos hospedados em Munique. O hotel era um daqueles que só os jornais descobrem. Não tinha conforto, não tinha atrações, não tinha higiene. Internet sem fio, nem pensar. O bairro era estritamente residencial para não dar chance de o hóspede arranjar o que fazer nas horas vagas. Minha primeira providência foi encontrar a estação do metrô mais próxima para sair dali o mais rapidamente possível. Pelo mapa, o metrô das redondezas estava na mesma linha que levaria o passageiro a Marienplatz, onde tudo acontecia. Quando cheguei à estação, percebi que só havia uma escada rolante. Ela subia, é claro. Para descer, havia a escada. Achei natural, desci a escada, embarquei no trem e fui passar o dia na praça mais animada da cidade. Na volta, cansado, fiquei aliviado ao lembrar-me que havia a escada rolante. Era a minha vez de utilizá-la. Só que, para minha surpresa, a escada, na minha volta, descia. A única alternativa era subir a escada convencional. Cheguei a pensar que estava na saída errada. Mas não. Estava tudo certo. Só que a escada rolante que subia na chegada descia na saída. Como é que pode?

No dia seguinte, logo após o café da manhã, fugi do hotel correndo para o metrô, e – surpresa! – a escada rolante agora subia. Antes de imaginar que, por motivos desconhecidos mas certamente persecutórios, a escada fazia sempre o percurso que não me interessava, resolvi ficar por ali para ver como funcionava aquela geringonça. No fim das contas, qualquer lugar, até mesmo uma estação de metrô, era mais agradável que nosso hotel. A escada rolante era de uma simplicidade admirável. Se não houvesse ninguém para utilizá-la, ela simplesmente ficava parada. Quando o usuário pisava no primeiro degrau, ela passava a funcionar. Se o passageiro estivesse em cima, ela descia; se estivesse embaixo, ela subia. Apaziguado, pus-me em meu caminho. Na volta, só tinha uma certeza: desta vez, a escada rolante não iria me escapar.

Ledo engano. A escada estava parada. Quando me preparava para pôr o pé no primeiro degrau e disparar o mecanismo para fazer a escada subir, apareceu do nada, lá em cima, um casal de velhinhos que botou a escada para descer. Sem problemas. Era só esperar eles chegarem ali embaixo. O casal já estava a alguns segundos do chão, eu espertíssimo com o pé direito levantado e... um senhor chegou à estação e manteve a escada descendo. Tudo bem. Era só esperar mais um pouco. O casal já estava no trem, o senhor quase chegando embaixo... apareceu uma mulher com um carrinho de bebê, e a escada continuou descendo. Esperei dez minutos e não tive oportunidade alguma de fazer a escada subir. Desisti. E, assim, perdi minha primeira chance na vida – e talvez a única – de, numa homenagem a Sandy Dennis, subir por onde se desce.

O PIOR HOTEL DO MUNDO

O Holiday Inn, no centro de Los Angeles, onde estávamos hospedados aguardando a final da Copa de 94, era tão mixuruca, mas tão mixuruca que Nelson Motta, companheiro de infortúnio naquela jornada, o apelidou de Holiday Out. E, dificilmente, um turista encontrará hotel mais "out" em suas andanças pelo planeta.

Eu mesmo já estive, em outras situações, em hotéis que competiam com o Holiday Out pelo título de pior hotel do mundo. Durante as Olimpíadas de Atlanta, por exemplo, o jornal me mandou para um estabelecimento que, supostamente, ficava perto da cidade-sede dos Jogos de 1996. Mas, na verdade, ele ficava à beira de uma rodovia que, após 20 minutos de viagem, me levava à Atlanta propriamente dita. Perto do hotel, só havia um posto de gasolina e uma série de meia dúzia de orelhões enfileirados. À noite, sempre via umas moças usando algum orelhão, o que me deixava surpreso já que ninguém morava ali perto. Naquele caso, na ausência de Nelson Motta, eu mesmo apelidei o arremedo de hospedaria: Bates Motel. Era tão tenebroso quanto o cafofo administrado por Anthony Perkins em *Psicose*. Era difícil compreender por que construíram um hotel naquele lugar. A tocha olímpica passou por ali antes de os Jogos começarem, mas que outro motivo levaria alguém a se hospedar numa rodovia a meia hora do centro de Atlanta tendo por perto apenas um posto de gasolina e uma fileira de orelhões? Teve uma noite em que, chegando ao hotel, temeroso de que Norman Bates aparecesse a qualquer momento com sua machadinha, vi uma moça no orelhão. Quando entrei no quarto, aliviado por ter escapado do psicopata assassino, o telefone estava tocando. Era a moça:

– Are you ready for your blow job?

Não tenho coragem de traduzir, mas adianto que rejeitei os serviços da moça e, enfim, entendi para que servia aquela fila de orelhões.

O Holiday Inn de Los Angeles não tinha nenhum serviço parecido. Para falar a verdade, não tinha serviço algum. Eles mantinham uma equipe de arrumadeiras. Não sei bem o que elas faziam. Mas tenho certeza de que não era arrumação. Se fosse, como explicar a garrafa de cerveja vazia que encontrei embaixo de meu colchão no dia em que dei entrada no hotel? Fui bafejado pela sorte. Houve colegas que encontraram camisinhas usadas. A ausência de higiene poderia ser compensada por uma bela vista. Não era o caso. Meu apartamento era de fundos. Dava para uma favela (sim, existem favelas em Los Angeles). Os colegas hospedados em quartos de frente não levavam vantagem. O hotel ficava do outro lado de um edifício antigo todo pichado em cuja portaria era praticado abertamente o consumo de drogas – imagino que, além do consumo, praticava-se ali também a venda. Enfim, eu me hospedei no cenário de um filme sobre guerra de gangues em Los Angeles.

A paisagem da janela do nosso Holiday Out só pôde competir nas minhas quatro Copas com a do hotel em que nos instalamos em Leverkusen, na Alemanha. Era uma espécie de hotel temático pois ficava no estádio do Bayer, time de futebol local. Alguns quartos davam vista para o estádio em si, outros para um estacionamento gigantesco que abrigava os carros dos torcedores em dias de jogo. No período de nossa hospedagem não houve jogo algum. Mais triste que a paisagem de um estádio vazio só mesmo a de um estacionamento vazio. Mas era só triste, diferentemente da paisagem em Los Angeles que era triste e perigosa. A gente tinha a impressão de estar sempre prestes a ser atingido por uma bala perdida.

Não quero passar a ideia de que todo o glamour de uma cobertura jornalística da Copa do Mundo é desfeito pela hospedagem nos piores hotéis do mundo. A grande maioria dos hotéis em que ficamos são muito bons. A média é de uma cilada por país. É uma média baixa, mas nem por isso desprezível. A culpa não deve ser creditada inteiramente aos órgãos de imprensa e sua obsessão por diminuir as despesas. A reserva de hotéis para a Copa é quase uma operação de guerra. Para começar, deve ser feita com antecedência e de acordo com os caprichos da tabela do campeonato. Isso quer dizer que, na primeira etapa, tudo bem. Mas a confusão começa nas oitavas de final. Se o Brasil for o primeiro da chave, vai para a cidade X; se for o segundo, cidade Y. É preciso ter reserva nas duas cidades. Se a seleção continuar ganhando, a partir de uma determinada chave, vai para uma região do país; se for a partir de outra chave, vai para o lado oposto. É natural que um ou outro hotel acabe decepcionando. A organização da Copa ajuda recomendando hotéis em todas as cidades possíveis. Alguns são muito caros e outros muito baratos, mas todos, teoricamente, passam pelo crivo da FIFA. E o Holiday Inn do centro de Los Angeles atendeu às exigências da FIFA, quaisquer que sejam elas.

Em Saitama, no Japão, ficamos num hotel cujos quartos eram tão pequenos que não abrigavam duas pessoas ao mesmo tempo. Casais foram desfeitos, companheiros de quartos se viram sozinhos, e eu passei a ter brigas diárias com minha mala. Eu e a mala simplesmente não cabíamos naquele espaço. Eu tinha que usar parte do corredor para mexer na mala aberta. Quando ela estava fechada, ocupava todo o espaço livre. Para ir ao banheiro ou me locomover pelo quarto, a mala tinha que ficar na cama.

Estranho quando leio nos jornais as exigências que os organizadores internacionais fazem para cidades que pretendem receber eventos do porte de uma Olimpíada ou uma Copa do Mundo. Sempre há a questão da hospedagem. Parece que é muito importante garantir que a cidade esteja preparada para receber turistas, atletas, dirigentes esportivos e jornalistas. Nunca se deixa de lembrar que é necessário ampliar a rede hoteleira. Ulsan foi uma das cidades-sede da Copa de 2002. Mas não construiu um só hotel por conta disso. A cidade, que abrigou dois jogos do Mundial, só tinha um hotel de respeito. E ficou por isso mesmo. É claro que, juntando-se a seleção brasileira com os cartolas da CBF e os cartolas da FIFA, todos os quartos do tal hotel foram ocupados. Não houve vagas para jornalistas. Fomos parar num motel de alta rotavidade.

Era inacreditável. Não havia hall de entrada. Tínhamos que entrar no motel pela garagem. Os corredores eram iluminados por luz vermelha, e, em cada andar, havia uma seleção de filmes pornô para os hóspedes escolherem. Também não havia toalhas nos quartos.

Custei para entender que não haveria mesmo toalhas no banheiro. Até perceber isso, tentava informar a todos os funcionários do motel que havia esse problema no meu quarto. Não era uma tarefa fácil, já que eles se negavam a falar qualquer outro idioma que não fosse o coreano. Não que o coreano não tenha suas facilidades. A mesma expressão – "aniôn rasseiô" –, por exemplo, serve para dizer "bom-dia", "boa-tarde" e "boa-noite". Não deixa de ser uma enorme economia de tempo. Mas, em compensação, para dizer "manteiga", é preciso reproduzir o som de "ppada". Agora, me explica, como é que se pronuncia uma palavra que começa com dois pês?

Enfim, encontrei alguém que imaginei ser o gerente, que conseguia se comunicar com algo próximo ao inglês. Ele me explicou que hóspedes de motéis não necessitam de toalhas.

– Só se for na Coreia – reclamei.

– Mas nós estamos na Coreia – rebateu o sujeito, com uma lógica inquestionável.

Só me restava ir às compras. Ainda tenho duas toalhas de banho coreanas legítimas.

O motel de Ulsan era forte rival para superar o Holiday Inn do centro de Los Angeles na categoria de hotel menos adequado de todas as Copas do Mundo. Mas a temporada acabou virando folclore. A gente até que se divertia com o inusitado. Já o período no Holiday Out nunca deixou de nos envergonhar, como pode ser sentido pelo comportamento da elegante colega que nos acompanhava naquela viagem.

Quando alguém marcava um encontro com ela e perguntava onde estava hospedada, a repórter não pensava duas vezes:

– No Hilton. Você pode me encontrar no bar do hotel.

Sessenta minutos antes da hora marcada, ela já estava pronta. A pé, enfrentava as gangues vizinhas, atravessava um viaduto, desviava-se das balas perdidas, rejeitava a oferta de drogas pelo caminho, chegava ao Hilton, acomodava-se no bar e aguardava o encontro. Na volta, era a mesma coisa. Ficava no Hilton, entrava no hotel, tomava um drinque no bar, dava um tempo para o amigo ir embora e retornava a pé até o Holiday Inn. Só o pior hotel do mundo justificaria tanto sacrifício.

QUE BONITO É

Tarde livre. O torcedor acidental aproveita para bater perna nas ruas de Shinjuku, em Tóquio. Desvia de uma adolescente fantasiada de Dorothy de *O mágico de Oz*. Desfaz a impressão de que está em Paris ao esbarrar num café igualzinho aos de Saint Germain. Perde tempo olhando os cartazes dos filmes em exibição tentando adivinhar, pelo menos, o gênero de cada um. Distrai-se com a música vinda de um botequim... "Que bonito é..."

Como é que é? "Que bonito é" nas ruas de Shinjuku? A canção, composta pelo pernambucano Luiz Bandeira, é uma espécie de hino informal do futebol brasileiro. Foi ela que garantiu, durante muitos anos, a trilha sonora dos jogos mostrados no cinejornal *Canal 100*. Ouvir "Que bonito é" no meio de uma Copa do Mundo tem tudo a ver. Mesmo que seja em Tóquio. Parei. Perseguia a letra daquela canção há alguns anos. Desde que a cantora Leila Pinheiro me mandou um e-mail perguntando se eu sabia a letra de sua segunda parte. Não tive coragem de revelar a Leila que eu não conhecia direito nem a primeira parte. "Que bonito é"

– que, na verdade, foi composta com o título "Na cadência do samba" – era tocada no *Canal 100* apenas como música instrumental. Era assim que eu a conhecia. Foi assim que minha geração a conheceu. Sem letra. Mas Leila sabia cantar direitinho a primeira parte:

"Que bonito é
Ver um samba no terreiro, assistir um
 batuqueiro, numa roda improvisar.
Que bonito é
A mulata requebrando, os tambores
 repicando, uma escola desfilar."

Como se vê, bem pouco futebolística. Aceitei o desafio de descobrir a segunda parte. Mas nunca consegui. Até aquela tarde livre, quando, do fundo de um botequim em Tóquio, a música aparecia cantada. Parei na porta do bar e comecei a anotar:

"Que bonito é
Pela noite enluarada, numa trova
 apaixonada, um cantor desabafar.
Que bonito é
Gafieira, salão nobre; seja rico, seja pobre,
 todo mundo a sambar."

Pronto: já tinha a primeira parte inteirinha. Faltava a segunda parte. Mas aí, na gravação tocada no botequim de Tóquio, a segunda parte também era instrumental. Eu peguei a música pelo meio. Talvez a segunda parte já tivesse sido cantada antes de eu chegar ao local. Eu tinha que pedir para o sujeito do botequim pôr aquela música outra vez. Cheguei a entrar no bar, mas… como é que se diz em japonês "O senhor pode tocar 'Que bonito é' outra vez, por favor?". Desisti. Fiquei devendo a segunda parte do samba para Leila Pinheiro.

Não existe Copa do Mundo sem música, o que não quer dizer que essa música seja sempre de boa qualidade, como o hino-sambão de Luiz Bandeira. Em Los Gatos, por exemplo, quem frequentava a casa da cervejaria nos dias de folga da seleção tinha que conviver com o pagode comandado por Romário, que só gostava de cantar uma música: "Toda vez que eu chego em casa/a barata da vizinha tá na minha cama." O atacante se divertia com esse refrão e parecia acreditar que todos os outros presentes também se divertiam. Não era verdade. Nem por isso ele deixava de repetir: "Toda vez que eu chego em casa/a barata da vizinha tá na minha cama."

Romário provou que, numa Copa do Mundo, nem sempre a música é utilizada de forma adequada. Mas há outros exemplos. Na Copa da Alemanha, o técnico Parreira cantava "Epitáfio", dos Titãs, para motivar o time. Dá para motivar algum time com uma canção chamada "Epitáfio"? Pois é. Deu no que deu.

Mas a música explode mesmo é nos estádios. Duas horas antes de o jogo começar, o telão mostra clipes com astros da música pop e antecipa o clima de festa de uma partida que vale pelo Mundial. Nos Estados Unidos, a prática tinha momentos ridículos como quando se tocava o repertório da banda de heavy metal do zagueiro Lalas da seleção americana. Os organizadores deviam achar que era engraçadinho. As arquibancadas se sentiam torturadas. Mas isso era exceção. Na maioria das vezes, a música é mesmo alegre.

Virou quase um clichê os alto-falantes dos estádios soltarem no fim dos jogos a conhecida "We are the champions", do grupo Queen. Foi assim nos Estados Unidos, na França e na Ásia. Mas, na Alemanha, a canção não teve muito ibope. A FIFA elegeu um hino oficial que era tocado antes de cada partida. Chamava-se "Zeit dass sich was dreht", que, numa tradução livre, pode significar "Tá na hora de rolar alguma coisa". Era interpretada por Herbert Grönemeyer, um cantor de rock local que já havia vendido mais de dez milhões de CDs em seu país. Mas Grönemeyer não emplacou nos estádios. As arquibancadas festejavam mesmo quando, com o resultado final já no placar, tocava uma versão atualizada de "Go West", uma canção lançada pelo grupo Village People.

"Go West" foi obscura enquanto permaneceu só do Village People, que a gravou em 1979. Mas virou sucesso mundial quando foi regravada pela dupla Pet Shop Boys em 1993. Desde então, ela se tornou a música de encerramento de todos os shows dos Pet Shop Boys e um hino gay – como "Y.M.C.A." e "I will survive" – que faz a festa em pistas de dança. Sabe-se lá por quê, virou hino não oficial da Copa alemã.

A música que se ouvia nos estádios não era nem a do Village People nem a dos Pet Shop Boys. Era difícil entender a sua letra. Supunha-se que fosse uma versão em alemão adaptada para o espírito competitivo de uma Copa do Mundo. Mas isso era só suposição, porque, apesar de bem aparelhados, os estádios alemães tinham um sistema de som abaixo da crítica. Não dava para se entender absolutamente nada do que era dito – ou, como no caso, cantado – nos alto-falantes. Nem os alemães entendiam. E, por isso mesmo, eles discutiam incansavelmente na internet o que fazia "Go West" na Copa do Mundo.

Houve quem garantisse que a melodia era cantada com a letra de "Stand up for the champions", música que abre os jogos do Campeonato Europeu de Clubes. Então, era só entoar a melodia de "Go West" e substituir a letra "Go West/Life is peaceful there" por "Stand up for the champions". E o resto da letra original ("Go West/In the open air") por... "Stand up for the champions". E a continuação "Go West/Baby you and me" por... "Stand up for the champions". Era só isso. "Stand up for the champions" sem parar, até o fim.

Diz-se que a música do Village People foi composta fazendo uma referência à conquista do Oeste americano. "Go West, young boys", dizia o slogan que pretendia ocupar a região. Mas, desde a primeira vez em que foi cantada pelos rapazes Pet Shop, num show beneficente dirigido pelo cineasta Derek Jarman para arrecadar fundos para vítimas da Aids, ela ganhou outra conotação: "Go West/Sun in wintertime/Go West/We will feel just fine." Se alguém ainda duvida de que seja realmente um hino gay, basta lembrar que ela faz parte do repertório da trilha sonora de *Priscilla, a rainha do deserto*.

A melodia é realmente eufórica e otimista, o que combina com uma partida de Copa do Mundo. Mas a versão dos Pet Shop a tornou melancólica e com uma pitada de desesperança. Serve, portanto, para que os vencedores da peleja se emocionem e, ao mesmo tempo, para que os perdedores não vejam solução para seu destino.

Na Alemanha, especificamente, ela ganhou ainda uma outra interpretação. Afinal, não foi de bom tom escolher como hino, mesmo não oficial da Copa, uma canção intitulada "Vá para o Ocidente" justamente no primeiro grande evento, de dimensões planetárias, em que a Alemanha se apresentou ao mundo sem divisões.

Uma Copa pode ser marcada pelo pagode de Romário, pelo rock do zagueiro americano, por um sucesso dos Pet Shop Boys, mas, quatro campeonatos mundiais depois, para mim, a música mais marcante de todas as Copas foi aquele samba de Luiz Bandeira ouvido por acaso numa rua de Tóquio. Bandeira morreu no ano da Copa da França e quatro anos antes de eu ouvir sua música na Copa da Ásia. Acabei entrando em contato com o filho do compositor que me presenteou com um disco do pai no qual havia uma versão cantada completa de "Que bonito é". Leila Pinheiro nunca a gravou. Mas, finalmente, eu posso lhe passar a segunda parte:

"O samba é romance/O samba é fantasia
O samba é sentimento/O samba é alegria
Bate que vá batendo a cadência boa
   que o samba tem
Bate que repicando, pandeiro vai,
   tamborim também."

BRIGANDO COM A LÍNGUA DE GOETHE

A primeira palavra que aprendi em alemão foi Fussballweltmeisterschaft. Você pode imaginar que seja desnecessário conhecer o idioma que se fala num país-sede da Copa do Mundo. Afinal, todo mundo deve falar inglês. Mas não é bem assim. Até se fala inglês nas capitais. Mas Copas do Mundo se realizam por todo o país, e, em alguns lugares, o inglês é tão desconhecido quanto o tupi-guarani.

Lá em casa, dizia-se que "alemão não se aprende". Mesmo assim, enfrentei o curso intensivo de dois meses patrocinado pelo jornal porque estava traumatizado com a experiência coreana. Desde a minha primeira viagem internacional, descobri que era possível aprender uma ou outra expressão na língua do país visitado. Nunca saí de um aeroporto sem saber falar "entrada", "saída", "puxe", "empurre" e "banheiro" no idioma local. Já contei que o primeiro país estrangeiro que conheci na vida foi a Itália. Como não falava italiano – na verdade, mal falo português –, escolhi dois companheiros de viagem que já haviam andado pelo mundo. Eles saberiam se virar. Em Roma, nossa primeira escala, percebi que eles não conseguiam se comunicar nem para pedir água. Eu tinha que dar um jeito. De repente, todo o repertório da música italiana que eu tinha ouvido na adolescência voltou à minha cabeça. "Ero un uomo che non sapeva amare", "Sapore di sale, sapore de mare", "Io che non vivo senza te", "Amore scusami"... Comecei a juntar o pronome encontrado na letra de uma canção com o verbo de outra e o adjetivo de uma terceira. *Bravissimo!* No meio da viagem, me vi, numa praça de Siena, cercado por um grupo de velhinhas vestidas de preto que faziam crochê. Eu contava para elas o fim da novela *Dancin' days*, de Gilberto Braga, que fazia sucesso na época na televisão da Itália. Em italiano fluente.

Mas na Coreia... Alguém em outro país do mundo sabe cantar alguma música em coreano? Pois é. Eu não conseguia entender o que estava escrito nas placas de rua. E se alguma estivesse tentando me alertar para perigos do tipo "se você dobrar esta esquina, um piano cairá sobre sua cabeça"? Outra questão importante é que, no tédio de uma cidadezinha do interior, entre um jogo do Brasil e outro, a televisão sempre quebra o galho. Mas como aproveitar a programação de uma TV em coreano?

Eu me entretinha com a emissora de televisão mais exótica que já encontrei no planeta. Imagine um canal de TV que transmite partidas de xadrez 24 horas por dia. Pois na Coreia tem algo parecido. É o canal de Go. Para quem não sabe, Go é um jogo chinês de tabuleiro. Na China, ele é equivalente ao xadrez. É muito popular na Coreia também. Dois jogadores, um com as peças brancas, outro com as peças pretas, sucedem-se nas jogadas botando suas peças num tabuleiro quadriculado. Não há dados, nem movimentos das peças. Elas simplesmente são depositadas no tabuleiro e lá ficam para sempre em interseções de linhas horizontais e verticais. O objetivo é conquistar territórios. As pedras brancas cercam um grupo de pedras pretas e vice-versa. A cor que ocupar territórios mais extensos ganha o jogo. Pois o canal fica o dia inteiro assim. Plano fechado no tabuleiro, uma peça branca é colocada, depois é a vez da preta, a branca de novo, mais uma preta... De vez em quando, um analista comenta os lances. Jogo após jogo, 24 horas por dia. Não tem nem musiquinha no fundo. Por algum estranho desígnio do destino, eu sei jogar Go. E, embora não entendesse o que era dito pelos comentaristas, sabia o que estava acontecendo. Então, ficava ali, diante do vídeo, hipnotizado pelos lances cerebrais das partidas.

Foi assim, até me render à maneira como Lucia, a mulher do Verissimo, aproveitava a TV. Todos os dias, no café da manhã, ela me relatava os acontecimentos de uma telenovela que vinha acompanhando à tarde. Era uma trama mirabolante, cheia de reviravoltas, altos e baixos, traições, perfídias. Quando revelei minha admiração por ela entender coreano, Lucia me contou a verdade:

– Que nada! Eu invento tudo.

Não podia deixar isso passar em branco e me ofereci para assistir a um capítulo com ela.

– Está vendo aquele cara de quimono e olhinho puxado? É um samurai aposentado que se apaixonou por aquela moça ali de quimono e olhinho puxado.

– Mas na Coreia tem samurai?

– Claro que não. Mas, depois da aposentadoria, ele saiu do Japão em busca do irmão de quem tinha sido separado na infância.

– Ah...

– Esse jantar é importante. Está acontecendo desde ontem. O homem de quimono e olhinho puxado é o pai. A filha mais velha, aquela ali de quimono e olhinho puxado, vai contar para ele que quer se casar com o samurai. O pai, então, vai ficar sabendo que ela roubou o namorado da irmã, essa de quimono e olhinho puxado. Olha como ele está furioso.

A novela coreana com coautoria de Lucia era divertidíssima. Abandonei as partidas de Go para sempre. Mas também tomei a decisão de nunca mais visitar um país sem ter alguma noção de sua língua. Foi assim que, durante dois meses, tentei aprender os ensinamentos de Frau Marracchini, minha professora de alemão. No começo, as aulas eram seguidas por vinte alunos, todos jornalistas à beira de embarcar para a Copa da Alemanha. Mas, cada vez que ela nos ensinava uma palavra tão complicada quanto Fussballweltmeisterschaft, a turma ia diminuindo. Acabei o curso como solitário aluno da esforçada Frau Marracchini. As aulas, no entanto, foram úteis para a única discussão em que me meti durante minha temporada alemã.

Seguir o circo da seleção brasileira na Copa do Mundo é levar vida de tartaruga. Você bota a casa nas costas e vai em frente. Como João e Maria, que deixaram pedrinhas no caminho, eu também ia deixando meus pedaços por ali. Um livro de contos do Rubem Fonseca ficou em Sulzbach. A escova de dentes foi abandonada em Berlim. O carregador de baterias do telefone celular foi esquecido em Munique. Que Rubem Fonseca me perdoe, mas o último item foi o que mais me fez falta (o livro já tinha sido lido, a escova foi substituída, mas não consegui achar no comércio de Leverkusen a droga do carregador). Sempre faltava alguma coisa no casco da tartaruga. Era inacreditável que o passaporte e a passagem de volta continuassem seguros.

A vida de tartaruga em Leverkusen foi estranha. Eu nem tinha deixado a cidade e já estava sem meu aparelho de barbear. Foi só eu sair do quarto do hotel para tomar o café da manhã que, na volta, não o encontrei mais no banheiro. Ele simplesmente desaparecera. Sem deixar pistas. Resolvi não deixar barato e, confiante no meu curso de alemão, reclamei com a camareira. Frau Hoffmann, uma alemã com jeito de enfermeira de clínica psiquiátrica, ficou ofendida.

– Kaputt! Kaputt! – gritava, num tom que, tenho certeza, todos os outros hóspedes do hotel ouviram. Insisti:

– Como kaputt, minha senhora? Não é fácil kaputtar um aparelho de barbear. Não é elétrico, mas também não é descartável. Para quebrar, só passando com um trator por cima – retruquei, não sem antes me certificar de que não havia tratores entre os apetrechos de trabalho de Frau Hoffmann.

Depois de muita discussão, entendi que o que tinha quebrado era o copo que ficava na pia. Não tinha jeito de explicar que o que tinha sumido era o aparelho de barbear. Ela estava indignada por eu estar reclamando do sumiço do copo.

– Kaputt!! Kaputt!!

O copo era onde ficavam o aparelho, minha escova de dentes nova, o creme dental... Peralá, o creme dental também sumiu. Cadê meu creme dental, Frau Hoffman?

– Kaputt! Kaputt!

Desisti. No dia seguinte, comprei tudo de novo.

Não me saí muito bem na discussão em alemão. Meu consolo era que os alemães também não se saíam muito bem quando queriam usar expressões em português. Teve o dia em que o jornal *Berliner Zeitung* fez uma reportagem sobre o fanatismo da torcida brasileira. A foto que ilustrava a matéria era de Ivete Sangalo num show exibindo uma camiseta da seleção, como se fosse o pavilhão nacional. O título do artigo era "Fiesta Brasiliana". Que língua era aquela? Era a língua da Copa do Mundo.

Em todo caso, sempre serei grato a Frau Marracchini por ter me ensinado o suficiente de alemão para eu me exibir num café de Munique a Paulo Coelho e a sua mulher, a artista plástica Christina Oiticica. Tive fluência bastante para chamar o garçom, pedir duas garrafas de água mineral, uma com gás e outra sem, um suco de laranja e três cafés. O mago ficou bobo:

– Como é que você aprendeu alemão?

Tripudiei:

– Ah, é praticamente a minha segunda língua.

Em tempo: Fussballweltmeisterschaft significa campeonato mundial de futebol.

GUIA DE VIAGENS

A gente percebe que uma viagem durou um tempo excessivo quando acaba o tubo gigante de pasta de dente levado do Brasil. Nas minhas quatro Copas, consumi cada tubo gigante que levei para cada uma das quatro viagens. É só para dar um sinal de que tive tempo suficiente para aprender duas ou três coisas sobre cada país que visitei. Deixo aqui um pequeno guia de viagens para futuros turistas. Não é um guia convencional. Estes podem ser encontrados em qualquer jornaleiro. É um guia de experiências que ajudam o visitante a não ser pego de surpresa. Afinal, é sempre bom saber que cartões de crédito não são exatamente populares em restaurantes de Tóquio. Antes de sair para jantar, é recomendável ter dinheiro vivo no bolso. É aconselhável também que, antes de embarcar para o Japão, o turista faça um curso para aprender a usar os vasos sanitários do país. Tive meu primeiro contato com a privada inteligente no banheiro do quarto de hotel em que fiquei em Kobe. Foi um susto. Vou tentar explicar os detalhes, sem ser muito vulgar. Ao lado do... humm... assento, existe uma espécie de console com botões. Apertando um botão, o usuário controla a temperatura da tábua. Ela pode ficar aquecida ou no nível da temperatura ambiente. Um segundo botão aciona... humm... um chuveirinho. Deu para entender? Talvez fique mais claro se for acrescentado o fato de que os banheiros não possuem bidê. O vaso inteligente cumpre as funções de privada e bidê ao mesmo tempo. Com um terceiro botão, dá para controlar a intensidade do chuveirinho. O botão número quatro controla a temperatura da água. Saí do quarto em busca de um colega com quem pudesse dividir a experiência inusitada. Nunca pensei que uma privada pudesse me assustar tanto. Encontrei o locutor esportivo José Carlos Araújo, o Garotinho, que se mostrou surpreso, não com o vaso sanitário em si, mas com a minha estupefação diante dele.

– Todos os banheiros do Japão são assim – disse com ar entediado.

Locutor esportivo, esse, sim, conhece o mundo inteiro nas pegadas da seleção. Mas eu não podia ficar por baixo. Então, contei outra experiência que tive com a tecnologia avançada... humm... das privadas. Foi em Londres. No Domo do Milênio, o elefante branco que comemorou a passagem do século XX para o XXI, foi lançada uma privada experimental com duas descargas. A primeira era para fazer sumir... humm... dejetos, digamos, líquidos; a outra era para dejetos... humm... mais consistentes. A ideia era economizar água, uma das preocupações da nova era. Consegui, enfim, fazer Garotinho, um cidadão do mundo, ficar impressionado.

Leia, daqui em diante, algumas dicas de viagem que talvez possam surpreender cidadãos menos viajados que nosso intrépido Garotinho.

⚽

Na Coreia, é preciso conviver com a tetrafobia, ou a aversão ao número quatro. O som da palavra "quatro" ("sa") em coreano se assemelha ao som da palavra "morte", e, por isso mesmo, o quatro é considerado um número de azar. Os prédios não têm quarto andar. Quer dizer, têm mas não assumem. Saltam direto do terceiro para o quinto. No Japão, pelo mesmo motivo, o quatro também não é popular. O som do ideograma que representa a palavra "quatro" ("shi") também é parecido com o que representa a palavra "morte". Mas no Japão quase todos os números trazem mau agouro. "Sete" ("shiti") lembra o ideograma que junta "morte" e "sangue", "nove" ("ku") lembra dor... Não sobra muita coisa. E, embora ninguém tenha nada contra o número três, é sempre bom lembrar que japoneses nunca tiram fotos em que aparecem três pessoas. Se isso acontecer, a do meio não terá boa sorte.

⚽

Manejar a comida com hashis – os pauzinhos que substituem o talher ocidental num restaurante japonês – é tarefa impossível para muita gente. Mas a utilização do hashi durante uma refeição tem muitos mais mistérios do que a gente supõe. Ele nunca deve ser espetado, por exemplo, numa tigela de arroz. Não traz sorte. Também não pega bem descansar o hashi, horizontalmente, em cima de qualquer tigela. Outro pecado mortal de etiqueta é passar comida de um hashi para outro.

⚽

Assim como no Rio de Janeiro não há cobras na avenida Rio Branco nem jacarés na praia de Copacabana, em Tóquio não há samurais nas esquinas nem gueixas servindo chá a qualquer turista. Mas há algo que impressiona na cidade: o número de lojas que vendem material para festas de casamento. Existe, pelo menos, uma em cada quarteirão, com destaque para o vestido de noiva na vitrine.

⚽

Na Alemanha, não é de bom tom entregar dinheiro na mão de caixas, balconistas ou garçons. Quando isso acontece, eles ficam irritadíssimos. Há sempre por perto um pratinho no qual o dinheiro deve ser posto. É ali que se pega o troco também.

⚽

Na França, os principais jornais do país não circulam aos domingos. Para viciados em notícia, a única saída é a internet.

ARTUR XEXÉO

⚽

Copa do Mundo também é cultura. Em Che-ju, existe um Museu do Ursinho de Pelúcia. Em Seul, faz sucesso o Museu do Repolho. Em Kobe, visitei o Museu da Lâmpada. Mas nada atraiu mais brasileiros no Mundial da Ásia do que o Museu John Lennon, em Saitama. No meio de muito memorabilia dos Beatles, chama a atenção uma obra de Yoko Ono. Uma cadeira, uma mesinha ao lado e, em cima desta mesinha, um telefone branco. Um aviso na parede informa que, a qualquer momento, a própria Yoko pode ligar. Quem atender, terá o privilégio de trocar ideias com a viúva de John Lennon. Fiquei sentado ao lado do telefone por vinte minutos. Yoko não ligou. Quem sabe da próxima vez?

⚽

É necessário ir ao Japão para descobrir que a comida típica do país não é sushi nem sashimi. Nem tempurá. Nem shabu-shabu ou sukiaki. Nem aquele macarrão que aparecia no filme *Tampopo – Os brutos também comem spaghetti*. O prato realmente popular é o arroz com curry. O freguês recebe um prato de arroz e uma tigela com o molho curry. O molho é derramado sobre o arroz ao estilo do nosso arroz com feijão. O curry pode vir com camarão, carne de vaca, carne de porco ou legumes. Tudo cozido no próprio curry. Mas para ter o sabor local precisa ser bem apimentado.

A Alemanha é obcecada por pão. Há a baguete, o pãozinho, o pão de centeio, o croissant, o pão de batata, o pão... E os alemães fazem ares de expert ao comprá-los. Um deste, dois daqueles, mais um daquele outro... Numa padaria, contei quarenta tipos de pães diferentes. Conselho gastronômico: experimente todos. São os melhores do mundo.

O Japão é obcecado por rodas-gigantes. Entre uma cidade e outra, há sempre, pelo menos, duas rodas-gigantes no caminho. E todas elas se dizem "a maior do mundo".

Na Alemanha, aprenda a conviver com cachorros e leve fotografias para se lembrar de como são as crianças. O país adora o primeiro grupo e está cada vez mais afastado do segundo. Cães viajam de avião, circulam nos aeroportos, frequentam shoppings, entram em restaurantes, embarcam no metrô... A seu favor, deve-se dizer: são educadíssimos. Talvez fruto da severa educação germânica. Quanto às crianças, são pouquíssimas. O país tem um dos mais baixos índices de natalidade de todo o planeta. Não se sabe o índice de nascimentos de cachorros, mas as estatísticas só podem estar explodindo.

⚽

Em Paris comprei um Mobifoot. A organização da Copa fingiu que queria facilitar a vida dos jornalistas credenciados para cobrir o torneio e criou um passe para o metrô. Custava novecentos francos (na época, mais ou menos 180 reais) e dava direito a usar o metrô durante 41 dias. Fiz as contas e descobri que precisaria viajar 112 vezes para começar a lucrar com a promoção. Pior: na primeira estação em que entrei, descobri que uma Carte Orange custava duzentos francos (mais ou menos quarenta reais) e me daria privilégio semelhante. O que é que isso tem a ver com um guia de viagens? Bem, diante de uma promoção no metrô francês, transforme-se em economista, faça contas, calcule o custo-benefício e caia fora. É sempre uma cilada.

⚽

Quem conhece as excelentes estradas da Alemanha, pode imaginar que a malha ferroviária do país esteja decadente. Não é verdade. Os trens cruzam todo o país. As estações são sempre uma das principais referências de qualquer cidade. Há trens novos e velhos. Alguns mais confortáveis, outros nem tanto. Mas são todos eficientíssimos. E pontuais. Costumava pegar o que saía de Colônia para Leverkusen às 16:37. Ficava apreensivo porque, às 16:33, havia outro trem na mesma plataforma de onde, em quatro minutos, deveria sair o meu. Às 16:34, o trem saía. Às 16:35, o meu trem aparecia ao longe. Às 16:36, meu trem estava na plataforma. Às 16:37, ele partia para Leverkusen. Todos os dias. Sem um minuto de atraso. Não falhou uma só vez.

⚽

É impossível viajar pela Alemanha e não entrar em contato permanente com história e cultura. O povo se orgulha da infinidade de nomes que marcaram sua passagem pelo mundo a partir do país. Frankfurt não deixa a gente se esquecer de que foi lá onde nasceu Goethe. Mainz põe em todos os seus mapas que é o berço de Gutenberg. Leipzig não é diferente: lá nasceu o compositor Richard Wagner. Em Munique existe até uma estátua para o comediante Karl Valentin. Berlim... bem, Berlim é covardia. Os nomes famosos preencheriam um catálogo telefônico.

A TAÇA DO MUNDO É NOSSA

Não sei o que é mais melancólico numa cobertura de Copa do Mundo, se a noite que se segue à conquista de um campeonato pela seleção brasileira ou se a que vem logo depois de uma eliminação da nossa equipe. Se alguém me pedir para eleger os dez dias mais tristes da minha vida, certamente incluirei na lista aquele em que perdemos a final da Copa da França. Nunca fiz viagem mais desgraçada do que a que me levou de metrô do estádio ao hotel em Montparnasse com todos os outros passageiros entoando um grito de guerra – "Un, deux, trois, zero" – que lembrava o placar no Stade de France. Para quem comemora no Brasil, deve ser difícil associar melancolia ao gesto do capitão do time de erguer a taça. Mas alguém consegue imaginar um bando de japoneses gritando pelas ruas de Yokohama na celebração da vitória do Brasil por 2 X 0 contra a Alemanha? Pois é.

Quando o jogo acaba, cabe ao colunista de amenidades duas opções: escrever a coluna na sala de imprensa do estádio e esperar o resto da equipe acabar seu trabalho e, só então, pegar uma carona até o hotel; ou sair correndo e tomar uma das conduções que a organização da Copa põe à disposição dos jornalistas credenciados. Se escolher a primeira hipótese, o colunista corre o risco de virar a noite no estádio. Uma cobertura de final de Copa do Mundo nunca acaba. Se optar pela segunda, após escrever a coluna no hotel, talvez sobre tempo para comemorações, mas... comemorar com quem?

Quando o Brasil foi tetracampeão em Los Angeles, me vi, sozinho, algumas horas depois do jogo, naquele Holiday Inn do centro da cidade, sem nenhum serviço de quarto para pedir uma cerveja – champanha naquele hotel? Nem na minha mais absurda fantasia – e festejar a vitória contra a Itália. No Japão, país em que nos tornamos pentacampeões, não foi muito diferente.

Não fazia nem três horas que a seleção... duvido que outro país chame seu time assim: "a" seleção. Só isso. Não é a seleção brasileira, não é a nossa seleção, não é a seleção do Brasil. É "a" seleção. Se é "a" seleção, só pode ser a seleção brasileira, ora. Pois não fazia nem três horas que Cafu tinha erguido a taça, e lá estava eu, de novo, sozinho num quarto de hotel. Em Tóquio. Pelo menos o hotel era melhor que aquele da Copa de 1994. E deu para fazer um pedido no room service, que funcionava 24 horas por dia. Foi esta a minha comemoração: um misto quente e uma xícara de café. Valeu, Brasil!

ARTUR XEXÉO

Nem vi a volta olímpica direito. Tive que deixar o Estádio Internacional de Yokohama às pressas para pegar o ônibus que me levaria à estação de Sakuragicho, e de lá tomar o trem que me levaria a Shimbashi, em Tóquio, a tempo de encontrar, ainda funcionando, o metrô que me deixaria em Tameike-Sanno, a duas quadras do nosso hotel. Foi uma longa viagem, ao lado de Verissimo, que matava o tempo solucionando as palavras cruzadas do *Herald Tribune*. Na estação de Sakuragicho, encontramos um senhor japonês que nos perguntou se éramos do Brasil. Diante da nossa resposta positiva, tirou uma gaita do bolso e começou a tocar o Hino Nacional. Foi impossível não se emocionar. Longe de casa, com a vitória do Brasil presa na garganta, meio perdido numa estação de trens em que eu não conseguia traduzir um letreiro sequer, um estrangeiro festejava comigo a conquista da Copa do Mundo. A emoção durou pouco. Satisfeito com sua interpretação da primeira estrofe do nosso hino, o japonês fez nova pergunta:

– França? França?

– Como assim?

E ele tocou a Marselhesa.

– Estados Unidos?

– Manda brasa!

E ele tocou o hino americano.

Verissimo propôs um desafio:

– Finlândia! Finlândia!

E ele tocou algo que, até hoje, a gente não tem muita certeza de que fosse realmente o hino finlandês. Deixamos o maluco de lado e fomos em busca de nossa plataforma. Eu tinha a convicção de que, pelo menos, aquele episódio tinha me dado assunto para uma boa coluna. Mas nem esse alívio durou muito. No quarto do hotel, enquanto aguardava meu misto quente e já tinha escrito vinte linhas, tocou o telefone. Era Verissimo:

– Você vai usar a história do hino brasileiro na estação?

No fundo, a história era de nós dois. Como estragar a inspiração de Verissimo? Não tive coragem de dizer que já tinha usado:

– Não. Estava pensando em outra coisa – e deletei a crônica ainda não acabada.

Como se vê, comemorar a vitória do Brasil durante a cobertura de uma Copa do Mundo não é fácil. O dia em que cheguei mais perto disso foi após a vitória de 2 X 1 sobre a seleção da Inglaterra, também no Mundial da Ásia.

– Este é um momento histórico – ouvi alguém dizer, logo na entrada do estádio de Shizuoka, que, por sinal, não ficava em Shizuoka, mas em Kakegawa. – Há 32 anos, Brasil e Inglaterra não se encontravam numa Copa do Mundo.

Eu me lembrava muito bem do encontro anterior. Na Copa de 70, quando vencemos por 1 X 0 com gol de Jairzinho. E lembro-me, principalmente, do deslumbramento de todo mundo com a primeira transmissão ao vivo pela televisão de uma Copa do Mundo. Na verdade, lembro-me até do que não aconteceu. Por exemplo, lembro-me de que a Copa foi transmitida em cores. No entanto, as cores só chegaram a partir da Copa de 74. Devo confundir com o dia em que a TV Tupi exibiu o primeiro longa-metragem em cores pela televisão: *Help*, de Richard Lester. Foi quando eu chamei toda a turma da PUC para assistir na casa de uma tia, que, assim que apareceu a novidade, comprou uma Colorado RQ, um trambolho cheio de fantasmas, que misturava as cores e transformou o filme dos Beatles numa atração muito mais psicodélica do que já era.

Mas bom mesmo era o que acontecia depois dos jogos daquela Copa. O Rio de Janeiro inteiro saía às ruas. A gente abraçava pessoas queridas, beijava estranhos e gritava "Brasil! Brasil!". De vez em quando, cantava paródias levemente pornográficas de músicas que Chacrinha lançava na televisão. A paródia sempre fazia referência ao jogo que a seleção brasileira tinha acabado de vencer. Usávamos rimas riquíssimas. De algumas, também não me esqueci: "Ó, dona Ismênia/Ó, dona Ismênia/A seleção botou na bunda da Romênia."

Havia uma turma que não aprovava tanta celebração. Era pleno governo Médici. Torturava-se nos porões da ditadura, como se dizia na época. O correto era torcer contra o Brasil. A Copa do Mundo só servia para alienar o povo. Confesso que eu também pensava um pouquinho assim. Mas não resisti ao gol de Jairzinho e, depois daquele Brasil e Inglaterra, capitulei e fui para as ruas.

Sozinho na varanda de um quarto de hotel em Kakegawa, pensei nos dois jogos do Brasil contra a Inglaterra nas Copas da minha vida. Em Kakegawa, ninguém comemorava nas ruas. As pessoas queridas estavam longe. Não havia estranhos para abraçar e gritar "Brasil! Brasil!". Morria de saudades. A paródia levemente pornográfica de 1970 não me saía da cabeça. Que se danassem os quartos vizinhos. Esperei 32 anos para cantar outra vez a música do Chacrinha. Ergui uma xícara de café, como Bellini nos ensinou em 1958 a erguer a Taça do Mundo, e cantei aos gritos:

"Ó, Teresinha; ó, Teresinha
A seleção botou na bunda da rainha."

Este livro foi impresso na Editora JPA Ltda.
Av. Brasil, 10.600 – Rio de Janeiro – RJ
para a Editora Rocco Ltda.